# 向天探测10000米

中国大气环境立体监测
关键技术攻关纪实

洪 放 著

时代出版传媒股份有限公司
安徽科学技术出版社

**图书在版编目(CIP)数据**

向天探测 10000 米:中国大气环境立体监测关键技术攻关纪实/洪放 著. --合肥:安徽科学技术出版社,2023.12

ISBN 978-7-5337-8774-5

Ⅰ.①向… Ⅱ.①洪… Ⅲ.①纪实文学-中国-当代 Ⅳ.①I25

中国国家版本馆 CIP 数据核字(2023)第 119280 号

XIANGTIAN TANCE 10000 MI ZHONGGUO DAQI HUANJING LITI JIANCE GUANJIAN JISHU GONGGUAN JISHI

向天探测10000米:中国大气环境立体监测关键技术攻关纪实 洪放 著

出 版 人:王筱文 选题策划:王筱文 余登兵 责任编辑:陈芳芳
责任校对:李 茜 责任印制:廖小青 装帧设计:王 艳
出版发行:安徽科学技术出版社 http://www.ahstp.net
(合肥市政务文化新区翡翠路 1118 号出版传媒广场,邮编:230071)
电话:(0551)63533330
印 制:安徽新华印刷股份有限公司 电话:(0551)65859178
(如发现印装质量问题,影响阅读,请与印刷厂商联系调换)

开本:720×1010 1/16 印张:12.5 字数:250 千
版次:2023 年 12 月第 1 版 2023 年 12 月第 1 次印刷

ISBN 978-7-5337-8774-5 定价:58.00 元

版权所有,侵权必究

# 序一

环境污染与气候变化是制约全球经济和社会可持续发展的重大因素，事关国际社会共同利益，也关系地球未来。党的十八大以来，我国把生态文明建设摆在全局工作的突出位置，坚持绿水青山就是金山银山的理念，人与自然和谐共生的美丽中国逐渐从蓝图变为现实。与此同时，我国生态环境监测技术的发展，也取得了前所未有的显著进步，为打好污染防治攻坚战提供了强劲支撑，并将持续助力我国同步推进高质量发展和高水平保护。

在合肥西郊风景秀丽的科学岛上，有一支由刘文清院士领导的环境光学监测技术创新研究队伍，他们二十多年如一日，潜心研究，致力于先进大气环境立体探测技术发展、高端环境监测装备的国产化、天地一体化大气环境综合监测应用等工作，在国内率先系统开展了光学与环境科学交叉集成创新研究，开拓了我国环境光学监测技术新领域，提升了国产环境监测技术和设备水平。

《向天探测10000米：中国大气环境立体监测关键技术攻关纪实》一书，讲述了刘文清院士团队从创立、成长到跨越发展的全过程，记录了道边机动车尾气遥测系统、高性能傅里叶红外光谱仪、大气细粒子和臭氧探测激光雷达、大气痕量气体差分吸收光谱仪载荷等一系列高端环境监测装备的研发历程，呈现了扬名"北京奥运会"、奋力"总理基金"项目、战"疫"——为大气做"CT"等重大任务顺利实施的重要时刻，重塑了一线科研人员的内心世界和成长之路。这些心路历程，是我国推动经济社会绿色低碳发展的缩影，是我国共谋全球可持续发展的担当体现。书中传扬的新时代科学家精神，也更能激发读者对我国实现高水平科技自立自强、建成美丽中国的坚定信心。

守护碧水蓝天，共绘"只此青绿"画卷。相信新时代背景下的大气环境立体探测技术会深入结合人工智能等数字技术，在应对气候变化、新污染物治理方面，发挥范围更广阔的作用，继续为构建美丽中国数字化治理体系，建设绿色智慧的数字生态文明保驾护航；也相信本书的面世，能够凝聚起全社会共同筑牢我国生态安全屏障的磅礴力量，吸引更多公众感受攻坚克难、无私奉献的科学家情怀，投身到环境保护、科技创新的奋斗中！

中国工程院院士

# 序二

中国式现代化是党的二十大报告中的亮点之一,其中"人与自然和谐共生"不仅体现了中国式现代化的重要特征和内涵,而且明确了我国未来生态文明建设的本质要求。生态环境监测技术,是信息时代生态环境科学技术发展的源头,是生态环境研究的"先行官",亦是我国绿色低碳发展的巨大推动力。

环境光学技术作为生态环境监测的重要组成部分,采用光学和光谱学方法,结合现代科学技术手段获取众多环境参数,具有其他常规方法不可替代的优越性,是当今国际环境监测的主导技术和发展方向。中国要想追赶上国际水平,既要有基础科学上的研究,同时,又要在自主知识产权上有大的突破。

中国科学院安徽光学精密机械研究所(以下简称"安徽光机所")历经50年的发展,已成为大气光学、环境光学、光学遥感、激光技术、光电子技术等交叉学科并存,以环境光学监测技术及应用和战略高技术为

重点的国内知名综合性科研机构。其中，刘文清院士团队自1998年成立环境光学监测实验室起，一直致力于我国光学与环境科学的交叉集成创新研究。他们以安徽省、中国科学院、生态环境部环境光学监测技术重点实验室、大气污染和温室气体监测技术与装备国家工程研究中心等为研究平台，凝聚了一支环境光学技术创新队伍，研发了一系列环境监测技术设备并实现产业化，开拓形成了我国环境光学技术新领域。他们丰硕的科研成果，为打赢污染防治攻坚战，建设美丽中国，贡献了科研工作者的一份力量。

作为记录他们团队科研成长的纪实文学，《向天探测10000米：中国大气环境立体监测关键技术攻关纪实》一书记录了刘文清院士团队开拓发展环境光学的监测历程。从全光谱的环境新方法研究到多平台大气环境综合立体监测技术系统的建立，从不同场景下的成功应用到国产环境监测仪器的曲折研发，诸多关于科学家及团队成长过程中的关键事件、重要节点、师承关系等细节在本书中得以展现。同时，他们发展的经历，是我国环境光学技术发展的缩影，也是我国近十年来在环境治理方面决心与魄力的有力见证。这为深入研究科技人才和团队成长规律，弘扬科学精神提供了第一手资料和素材，是值得推荐的科普类纪实文学。

北京大学环境学院与中国科学院安徽光机所建立有广泛且深入的联系和科研合作，因此对他们卓有成效的工作有较为全面的了解。科

学并非高居庙堂,但科学理念的传播是一条漫长的路。希望本书的出版对增进公众对科学家的了解、推动我国环境光学技术的传播发展有积极的影响和贡献。

是为序。

中国工程院院士

**向天探测10000米**

中国大气环境立体监测关键技术攻关纪实

# 前　言

在浩瀚的太空与坚实的大地之间,充溢而流动着的,是大气。地球和地球上的万物因大气的充溢与流动而蓬勃生长。远古时代,洁净的大气给了地球明媚的春天。而随着人类活动的不断增加,大气质量出现了令人忧虑,甚至影响到地球和人类高质量生存的严重问题。大气质量已成为世界各国普遍关注的环境问题,大气中细粒子和臭氧等的浓度变化直接影响着地球和人类的生产生活。环境污染,已成为人类最为忧心而又回避不了的现实问题,尤其是沙尘、沙尘暴等极端天气,更是世界性潜在灾难。如何有效监测大气,探究大气中的奥秘,进而找出人类活动对于大气破坏所造成的影响并对症下药,用科学的方法去除污染、洁净大气,对于地球生态环境的可持续发展,对于碳达峰、碳中和的实现都有着决定性的作用。

中国是个发展中大国,经济社会的发展必然会对大气的质量形成严峻的考验。怎样才能既保证经济高质量发展,又能使无处不在的大气可持续、高质量循环? 这是人类面临的难题,也是中国科学家所面临的必须解决的难题。正是在这样的大背景下,以刘文清院士为代表的中国科学家在大气环境监测领域长期奋战,筚路蓝缕,终于成功实现了大气监测和环境光学等关键技术的巨大突破,从而使中国的大气环境监测水平走在了世界前列,也使中国在碳排放监测方面,获得了全球话语权。

2022年春天,机缘巧合,我在科学岛见到了刘文清院士。通过交流,我萌生了创作本书的想法。安徽科学技术出版社对此高度支持。很快,我便进入了采访、创作阶段。历时一年,终于有了这本书。全书以纪实文学的体例进行编写,将科技和人文相结合,重点介绍以刘文清院士为代表的中国科学家面对环境监测领域国家战略需求,从孕育原始科技创新到突破大气监测关键技术,提升中国在环境领域国际话语权背后的故事,同时阐释我国领先于世界的大气细粒子激光雷达的发明应用,让沙尘监测从过去高度仅限100米的范围,到如今通过激光光源、高速采集等技术突破,实现对10000米高空的探测等科普知识,让高精

尖的大气环境光学监测技术走进普通读者,不仅让读者了解我国大气环境光学监测技术方面的发展和进步,同时认识科学技术背后的科学家,向科学家及科学家精神致敬。

# 向天探测10000米

中国大气环境立体监测关键技术攻关纪实

# 目 录

| | | |
|---|---|---|
| 1 | 引子 | 六个词和一个人 |
| 11 | 第一章 | 科学岛上的选择 |
| 21 | 第二章 | 中国科大门口的青年 |
| 30 | 第三章 | 艰难的第一步 |
| 40 | 第四章 | 携手"863" |
| 48 | 第五章 | 一波三折 |
| 58 | 第六章 | "吃螃蟹" |
| 69 | 第七章 | 扬名"北京奥运会" |
| 78 | 第八章 | 圆梦傅里叶 |
| 87 | 第九章 | 美丽的激光光柱 |
| 96 | 第十章 | 院士之光 |
| 107 | 第十一章 | 布局立体环境监测——地基探测 |
| 116 | 第十二章 | 布局立体环境监测——空基探测 |
| 125 | 第十三章 | 布局立体环境监测——天基探测 |
| 136 | 第十四章 | 奋力"总理基金"项目 |

| 144 | 第十五章 | 战"疫"——为大气做"CT" |
|---|---|---|
| 153 | 第十六章 | 深耕产业化 |
| 162 | 第十七章 | 人才是第一生产力 |
| 177 | 第十八章 | 助力"双碳"目标 |
| 185 | 后记 | |

# 引子

## 六个词和一个人

### 环境

"环境",严格意义上是一个地理学的概念,经过长期演化,它具有了物质与非物质的双重特性。

从非物质层面看,制度、观念、规则、理念和行为等,都是社会环境的重要组成部分。而从物质层面看,环境包含着更多的元素,如空气、水、山川、土壤、动物与植物等。

从环境形态上看,环境既以物质有形的方式存在,又以非物质无形的方式存在。

但无论是环境的物质、非物质特性,还是有形、无形的存在形态,其实都是相对于某一个生命主体而言的。而人,是环境特性与环境形态中一个最具有意义与生命力的主体。

人类从诞生开始,就与环境共存。首先,人生存于物质的环境之中,又通过人类的劳动、生活与繁衍等,影响、改变和塑造着物质环境。与此同时,人类不断地创造适应人类生存和进步的非物质环境。物质环境与非物质环境

的相互影响,形成了人类与自然环境共处以及与仰望星空的道德律相守的人类生存环境。

如果用更简单的概念来阐述,环境就是人类赖以生存、发展和进步的物质与非物质条件的综合体。它是一个集合概念,因此,也就具有了巨大的不确定性和流动性。

本书所涉及的"环境"概念,明确指向为人类生存、生活、发展和进步的物质环境。其内涵包括:人类赖以生存、生活、发展和进步的气候气象条件,山、湖、林、草、河、田、沙等地理地貌特征,以及人类活动、工农业生产所引起的大气、水、土壤成分和性质的改变。

自然地理学将人类自然环境界定为五个自然圈,即大气圈、水圈、岩石圈、生物圈和人类圈。五个自然圈相互作用,使人类获得基本的生存条件。人类在这五个自然圈中,生存、生活、发展和进步,既获益于环境的自然圈,同时又因为劳动、生产、生活等,不断地破坏、重组和建构着新的自然圈。人类的生存环境已成为一个动态环境体系,呈现出四个特点,即庞大、结构复杂、多层次、多组元相互交融。

当然,随着科学技术的不断发展,人类对环境认识的不断深化,关于"环境"的分类也更加细化、科学与准确。按性质,环境可分为物理环境、化学环境、生物环境等。按要素,环境可分为大气环境、地质环境、水环境、土壤环境、生物环境等。按人类生存的空间,环境可分为聚落环境、地理环境、地质环境和星际环境等。

我们脚踏的大地,我们仰望的星空,吹过我们头发的风,淋过我们眉梢的雨,在黑暗中闪烁的矿石,喂饱我们的食粮,流动在我们四周让我们呼吸的空气……这些都是人类生存所依赖的自然环境的组成部分。而这些,仅仅是我们肉眼可见和身体所能感知的。更多的环境成分,是我们看不见、摸不着的,它们无处不在,甚至包括我们人类自身,也同样是人类生存环境中的重要一环。

亿万年来,人类从最初对环境的无知,或者说是生理上的自然感知开始,一步步地,认识环境,改造环境。利用环境给我们的条件,我们进行种植、收获等劳作,一代代繁衍,同时规避着环境带给我们的灾难。可以说,一部人类史,就是一部人类环境的发展史。

## 空气(大气)

气,中国古老的《说文解字》说它是"云气也"。

气无形,杂然而流,充溢天地之间;气又有形,一旦它与人类相结合,则随着人类的生产生活等被赋予独特的形态。

气,没有固定的味道,却能在变幻莫测之中,生成无数种奇特而复杂的气味。

气,看不见。只有当它以特定形态出现时,人类才能看见它飘忽的影子;大多时候,

气环绕人类地球家园,却摸不着。事实上,它已经深入人类的肌肤、血管,成为人类最基本的生存条件之一。

气,简单,甚至透明。

气,又无比复杂。随着人类科技的进步,气的复杂性被一点点地揭开。简单的气,如婴儿般纯洁;而复杂的气,却至今仍深藏着无数谜团。

气,云气,空气,大气。

其实这些更像是同一个概念。科学上,按照大气的垂直方向,将大气分成五层。

对流层:从地面到距地面约10千米高度之间。对流层与人类关系最为密切,集中了75%的大气质量和90%的水汽,其中,氧气占21%,氮气占78%,其他大气成分占1%。同时,对流层也是大量痕量物质存在的空间。我们日常所见的风起云涌、雨雪冰霜,多在对流层形成。

平流层:距地面10千米到50千米,包含臭氧层。

中间层:距地面50千米到80千米。

热层:距地面80千米到800千米。

外层大气:距地面800千米及以上。

## 土

《广韵》解释"土"的主要含义为土地、土壤、国土等。

英语中的 earth,既有"土"的意思,又有"地球"的意思。

土是地球地壳的主要组成部分,由矿物质和有机物混合组成,以固态、气态和液态存在。土的微粒组合形成充满空隙的土壤。这些空隙吸收和储藏了大量的溶解液体和气体。

土是人类生存之基。人类在土地上居住、生存、种植、收获、繁衍。

土为人类提供了大量的矿物质,同时也不断影响着人类的生存质量。

## 水

水是人类的生命源泉。甲骨文中以象形的形式直观地解释了"水"的流动。

水,无色,无味,透明,由氢和氧两种元素组成,是地球上最常见的物质之一。地球表面的71%被水覆盖。

水以云、雾、雨、雪、露等多种方式存在于空气与地面之间,存在于溪流、池塘、湖泊、江海之中。

水,不仅是人类的生命源泉,也是地球上其他所有生物的生命源泉。

水是大气最重要的组成成分。

水在,生命就在。水是生命存在的象征。

## 环境监测科学

这是一门古老而年轻的科学。当生活在环境中的人类某一天感受到环境变化对自身生存、生产、生活产生重大影响时,他们开始观察环境、监测环境,并用力所能及的方法改造环境。最后,这种对环境的观察、监控、探测、改造,发展成为一门科学,即环境监测科学。

环境监测科学充分利用化学、物理、生物、医学、遥感、遥测、计算机等领域的现代科技手段,监视、测定、控制反映环境质量及其变化趋势的各种标志性数据,并因此对环境质量做出综合性的科学评价。它既包括对化学污染物的监测和对物理(能量)因子(如噪声、热能、振动、电磁辐射和放射性等)污染的监测,又包括对生物因环境质量变化所产生的各种反应和信息测试的生物监测,以及对区域群落、种群迁移变化进行观测的生态监测等。

环境监测涉及各种不同的技术,这些技术大致可分为三大类:色谱–质谱/化学–电化学、光学/光谱学、生物传感器。其中,光学/光谱学监测技术具有远距离探测潜力、遥控探测方向、现场实时监测等优点,是环境监测的发展方向。

## 环境光学监测科学

环境光学是由环境科学与光学发展起来的一门交叉学科，以光与环境相互作用为基础，一方面研究光与环境相互作用的机制与规律，另一方面研究如何使用光学的方法解决环境问题。

环境光学涉及物理学、环境科学、生物学、大气科学等领域。环境光学监测基于物理光学的理论与实验方法，不使用任何化学试剂，相比基于化学原理的分析方法，在监测过程中，环境光学监测不会产生二次污染，是国际环境监测界公认的最佳绿色分析方法。

环境光学监测技术是一系列具有实时、动态、快速、非接触遥测，以及对多组分待测物具有高选择性和高灵敏度等优势的关键技术，主要包括紫外/可见/红外光谱技术、激光光谱技术、光散射技术、荧光光谱技术等。

半个多世纪以来，环境光学技术为人类环境监测做出了巨大贡献。国际先进环境监测技术主要集中在德国、瑞典、日本、波兰等国家，而中国环境光学技术是在21世纪初才逐步发展壮大起来的，主要由中国科学院安徽光机所、北京师范大学、中国海洋大学、中国科学院南海海洋研究所、天津大学等单

位牵头组织研究,尤其是中国科学院安徽光机所,在环境光学核心技术研究及设备制造上,已由跟跑发展到并跑,监测设备集成技术和算法已处于国际领先水平。

刘文清,中国科学院合肥物质科学研究院学术委员会主任、安徽光机所学术所长。2013年当选为中国工程院院士。

1978年毕业于中国科学技术大学(下文简称"中国科大")光学与激光专业。1990年硕士毕业于中国科学院安徽光机所光学专业。1995年博士毕业于希腊塞萨斯德谟克里特大学激光医学专业。1998年至今,在安徽光机所从事环境光学监测技术研究、环境监测高技术成果及其产业化应用工作。

刘文清院士是我国环境光学监测领域的著名专家,多年来致力于光学与环境科学的交叉集成创新研究,开拓了我国环境光学新领域,建立了环境光学技术体系和实验平台,在激光遥感、激光散射成像、新型环境监测仪器、有害痕量气体光学与光谱学监测技术、环境监测仪器的研制与研究等方面颇有建树,为我国环境光学监测技术的发展做出了

杰出贡献。在他的主持下,安徽光机所研发了一系列具有自主知识产权的污染物光谱分析方法,创建了大气、水体污染物光谱数据库和数值解析模型,协助国家环境保护总局制定了光学环境监测标准,其系列成果取得了良好的社会效益和经济效益,大大提升了国产环保仪器的市场竞争力。他作为环境光学的学术带头人,先后负责建成了国家环境光学监测仪器工程技术研究中心、中国科学院环境光学与技术重点实验室、安徽省环境光学监测技术重点实验室、大气污染和温室气体监测技术与装备国家工程研究中心,凝聚了一支专业结构合理、以中青年博士为骨干的科研队伍。该团队为北京奥运会、上海世博会、广州亚运会和一系列国际盛会的环境保障工作做出了重要贡献。

刘文清院士于2007年、2011年和2015年三次获得国家科学技术进步奖二等奖,2011年荣获环境保护科学技术奖一等奖,2012年荣获安徽省重大科技成就奖,2016年荣获何梁何利基金科学与技术进步奖资源环保技术奖,2020年荣获"全国先进工作者"称号。

卫星发射现场

# 01

## 第一章 科学岛上的选择

1998年,合肥西部,春天的科学岛树木葱茏。阳光从茂密的树叶间照射下来,在地上形成了各种不规则的斑影。远处,蜀山湖湖水荡漾,水面上鸥鸟翔集。鸟儿时而飞翔在碧波之上,时而停留于芦苇尖梢。湖水映照出鸟儿欢快的影子。这偌大的一口湖,因为科学岛,因为中国科学院合肥分院,而变得神秘、深邃,充溢着强烈的科学氛围与学术气息。

然而,春天岛上茂密的树叶与湖面上飞翔的鸟儿们不知道的是,在岛上,正在悄然进行着一场变革。数千名科技人员,正在时代的大潮中,面临着一次艰难的选择。

无论是在办公室里,还是在实验室里;无论是在食堂里,还是在岛上的小径上,往日埋头做科研的科技人员,大

都心事重重。从20世纪70年代末期中国科学技术大会发出"科技是第一生产力"开始，中国科技在改革开放中经历了阵痛、发展，也创造了辉煌。随着这种阵痛、发展和辉煌，中国科技体制也在不断地变革。科技体制和机制呼唤着更高端的科学研究与更产业化的科技市场应用。科学岛上科研人员密集的中国科学院合肥分院，自然在不断地感受着体制机制变革所带来的思考、选择、变化和犹豫。往年，大家都喜欢去看新鲜而翠绿的树叶，看那些树丛下藏着的花骨朵，或者到蜀山湖边，看鸟，看芦苇，看水天一色……但今年，岛上静极了。

这静，符合岛上所有人面临选择的心理。

这静，也许正孕育着一场新的生机。

静中有动，静只在表面。权衡、商讨、比较，大家从各自的研究学科出发，总结自身的优势，特别是学科发展的前景，设身处地地让自己投入科技体制改革的大潮之中。没有人能避开，每一场改革都是席卷式的，就像春天必将席卷这刚刚苏醒的大地。

中国科学院安徽光机所九室44岁的研究员刘文清，自然也不能例外。不过，相比其他一些人，他一向镇定的面容，如今依然镇定。在这个科研人员密集的岛上，他属于中坚力量。越是中坚力量，越会被改革所裹挟。他明白自己必须要在这个春天，为自己将来的学术人生，做出一个必须坚持到底的选择。事实上，在他的抽屉里，包括来自他日本导师的一些国外的邀请信，正向他张开热情的怀抱。但他总觉得这不是他

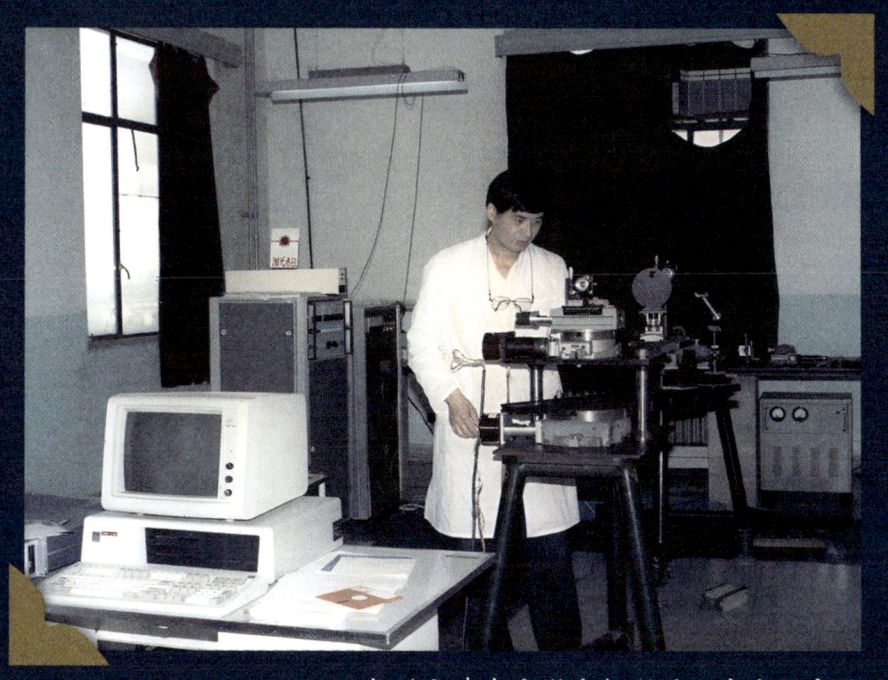

1981年刘文清在安徽光机所的研究室做实验

今后学术人生的归宿。三年前，从日本千叶大学回国时，他就朴素地想过："我是一个中国人，我得回去为我的祖国工作。"后来，在记者的采访中，刘文清回忆这段经历时，道白依然朴素："我不想一辈子说外国话，我有自己的家国情怀。"

祖国，有时候是一个大词，是一个庄严的词、辽阔的词。刘文清说的话，不是什么高谈阔论，也不是豪言壮语，更不是自我矫情。这是一个普通工人的儿子，一个被祖国培养了二十多年的学者，发自内心的表达。正是凭着这朴素的情感，他回到了岛上，回到了中国科学院安徽光机所。当时，安徽光机所主要业务集中在激光研究与应用上，同长春光机所、上海光机所一样，是中国光学研究的重要学术机构。

如果不是这场改革，不是十几年在国外学习和工作的经历，也许刘文清这一生，会一直坚持做光学研究。但人生没有"也许"，有的只是面临的选择，以及必须为将来找到适合于自己发展并且有益于国家的道路。

当科学岛改革刚刚传出风声时，刘文清就已经敏锐地感觉到，这不是风声，而是必然。他将自己关在实验室里，面壁思考了三天，从国外到国内，从行业技术发展的过去到现在，再到未来。想着，想着，他脑子里灵光闪现。

在这滚滚的改革大潮中，顺应潮流，做出勇敢而正确的选

择,才是生路。否则,便可能被大潮湮没。刘文清需要这勇敢而正确的选择,他沿着大脑中所闪现的灵光,一直往前想。那灵光来自两年前的1996年10月,时任中国科学院常务副院长的路甬祥到安徽光机所来调研。路甬祥曾多次到科学岛调研,对安徽光机所的发展及光学研究的现实情况十分清楚,他在与所领导班子及科技工作者座谈后提议,利用安徽光机所已有的大气光学和激光技术的优势,与基础研究交叉起来发展环境光学,并应用到环境监测等领域,以开辟新方向。

路甬祥院长的这个提议,当时就让刘文清陷入了思索。科学最宝贵的精神就是永不停止地探索。而这些年在国外,刘文清也系统地了解了国际上环境光学研究与应用的基本情况,这虽然是一门在国内尚未破土的技术,但其前沿性与应用性都十分被看好。如果能大刀阔斧进行环境光学研究与应用,那将会为正在建设与发展中的中国,特别是不断推行的工业化进程,提供有力的环境监测科学依据与改进方法。就是这条路了!刘文清想着想着,便在脑子中想出了这条让他激动的大道——环境光学监测技术研究与应用。他有些兴奋,甚至想跑出去,沿着大蜀山跑上一圈,或者在开满鲜花的小径上,唱一支激情洋溢的歌。

刘文清一向是个果断的人。从少年时代开始,他就善于在全面了解事情的经过后,审慎而果断地做出决定。后来到工厂上班后,因为他的思考、果断、干练,很快就从众多的工人中脱颖而出,成了厂子里的技

术骨干。大学毕业时，他果断地选择了中国科学院安徽光机所。再后来，他又果断地出国学习，拿到医学博士学位。之后又到日本千叶大学进修，开展博士后研究工作，让自己的人生进入了一个新的境界。这一切，都充分表明他的果断是建立在深思熟虑的基础之上的。十五年后，刘文清成为中国工程院院士，证明了他在1998年安徽光机所改革中的选择是多么精准且有意义。这不仅改变了刘文清和他的团队中一群人的科技命运，同时也改变了中国环境监测科学的格局，打开了中国环境光学监测的新天地。

岛上植物的清香，时不时地随风飘进窗子。刘文清拟定了组建团队的首批人员名单。这里面，有他看好的青年学者刘建国，有同在九室做电子学研究的陆亦怀，有做光学研究的谢品华和魏庆农，还有精于制造的张玉钧。当然，他心目中还有其他人选，但他必须一步步地走，先以这五个人为主，选准目标，拉起队伍，然后逐渐扩充。他首先找到了正在攻读博士学位的刘建国。

刘建国当时才30岁，这个西北小伙，一腔热情。刘文清问他："愿不愿意跟着我干？"

"愿意。"刘建国回答道。

"你还没问我们将要干什么呢？"刘文清笑着说道。

"不管干什么，都得干。我相信您。"刘建国也笑着说。

"那好。说定了。"刘文清拍了拍刘建国的肩膀。

*家国情怀体现在科学家身上，永远保持的科学家精神！*

这一拍就定了刘文清与刘建国这两个人学术研究的"终身"。若干年后，他们一个成了中国环境光学领域的开拓者，另一个成了该领域重要的学术带头人。

刘文清接着找到了同在九室做电子学研究的陆亦怀。陆亦怀和刘文清同岁，也正在为选择犯愁。听刘文清一说，他深思了一会儿，说："关键是要选准方向。你所说的环境光学监测，确实是个好路子。只是在中国，尚未起步。也许搞起来会十分艰难。"

"肯定会很艰难，"刘文清说，"但是，也肯定是一条正确的路子。"

陆亦怀又问："我是做电子的，在团队里能干什么？"

刘文清说："作用巨大。等我们正式开始工作你就知道了。"

陆亦怀点了点头，算是同意了。

魏庆农、谢品华和张玉钧，一听刘文清要搞环境光学监测研究和应用，马上心里有了底。他们一直在做光学研究，对国外环境光学研究领域，或多或少也有所了解。而且，刘文清显然是做了大量的案头工作的，他用一系列数据，以及国内外环境光学监测的现实情况对比，阐述了环境光学技术的前景，特别是环境光学设备的应用。刘文清说："据我了解，国内现在所有的环境监测设备都依赖进口。这是一个多么大的市场啊！"

科技体制改革的目的，一方面是加强基础科学研究，另一方面就是市场应用。谢品华和张玉钧一听到市场，立即来了精神。他们坐了下

来，找资料，理思路，整整忙活了一天。第二天，几个人又全部到场，闭门开会。会议上，大家越说越激动，思路越理越清晰。刘文清当时说了句令其他人感慨的话："我在日本看到日本的激光探测设备扫过富士山，与大气相关的数据很快就出来了。而在我们中国，目前还都是依赖人工采集样本，通过传统的监测手段，准确性、时效性、科学性都难以达到国际先进水平。这里面，最根本的问题是两个：一是环境监测技术的落后，二是环境监测设备严重依赖进口。根据相关资料，到1997年年底，在中国两千多个县中，还有一半以上的县没有专业的环境监测设备。对于一些极端环境的监测，更是缺乏手段和经验。这与中国改革开放的发展不相适应，因此，瞄准国际前沿，适时发展环境光学监测技术和应用，正当其时。"

几个人算了一笔账：如果在五到十年之内，实现中国国内环境光学监测设备百分之三十的自主知识产权应用，那么将会形成一个庞大而可观的市场，而且会带来环境监测技术的新革命。

"有信心吗？"刘文清问大家。

"有！"这一瞬间，大家都仿佛是将要上战场的士兵。将来，这支队伍，会成为驰骋在国际环境光学监测天地里的一支奇兵。

刘文清和刘建国、陆亦怀、魏庆农、谢品华他们组建环境光学监测研究与应用团队的消息，很快就在科学岛上传开了。有人担心，有人好奇，有人等着看笑话，更多的人则敬佩他们的选择和勇气。作为安徽光

机所的研究人员,将自己的所长——光学研究,植入一门全新且陌生的学科——环境监测之中,这里面,肯定有风险,肯定有挑战,也肯定有许多意想不到的坎坷。但成功,往往属于勇敢者,属于抓住机遇者。中国科学院领导在一次次听取刘文清的选择思路后,终于同意了他们自主选择开展环境光学技术研究与应用的方案。院领导说:"我期待你们创造科研的奇迹。"

当然,刘文清知道有人在冷眼旁观。以刘文清先后在意大利和日本留学工作的学术经历,以他发表的大量的高质量学术论文和正在被不断重视的学术研究前景,很多人不明白刘文清为什么还要唱这么一出自主创业的戏。他们认为,刘文清完全可以再出国工作,国外学术界向他一再地抛出橄榄枝。何必留在这个岛上,何必经受这科技体制的改革之痛?

刘文清没有理会这些。对一些好心同事和领导的询问,他也只是淡然一笑。回家后,他跟早年从合肥工业大学毕业的妻子聊起这事,妻子说:"既然定了,就往前走。你这选择,也不是心血来潮,而是基于国外十几年学习与工作的经历,有着对国外这一行业发展的深入了解,和对国内环境光学领域的扎实分析,你是基于这些而做出的决定。我支持你!"

刘文清说:"我这是赌一把。我有信心。我希望十年内,能达到我自己希望的高度。"

一个肩负使命的人踏上了征程。

1998年5月,仅凭研究所提供的20万元作为科研启动经费,以刘文清为主任的环境光学监测研究室成立,这标志着中国环境光学新学科方向的诞生。中国环境光学监测领域,在科学岛上奏响了华丽、激越的乐章!

# 02

## 第二章　中国科大门口的青年

1973 年的秋天，从北京搬迁到合肥的中国科大，已经完全步入正轨。一所大学的搬迁，成了合肥这座城市今后岁月里与科学越结越深的缘分。大学，因为城的支持，得以生根、成长；城，因为大学，获得了科学的滋润。五十年后，合肥成了中国国家综合性科学中心，同时也被誉为"国际一流的科学中心城市"。一座城与一所大学，演绎了在科技时代的共同发展、共同繁荣。没有合肥当年的热情挽留与全力支持，就可能不会有中国科大在合肥的今天。同样，如果没有中国科大，很难想象像合肥这样的一个中部城市，会在时代大潮中崛起，成为科创之都。这里面的故事，这里面的情怀，将永远值得这座城与这所大学铭记。

秋风乍起，中国科大门前人来人往。他们行色匆匆，

刘文清12周岁的老照片

有的是大学的老师,有的是夹着书本的学生。而一个循着地图上"中国科学技术大学"而来的瘦高个儿青年正站在校门前。他望着学校的大门,望着门上"中国科学技术大学"八个大字,看着那些进进出出的师生,他的脸上写满了羡慕与向往。他在校门前足足看了有半个小时,才依依不舍地离去。在那一刻,他叹了口气:"要是我也能成为这里的学生,能在这校园里学习,那该多好啊!"

这是一个青年的感叹,也是他的希望与期待。他来自安徽蚌埠,已经是市无线电四厂的一名钳工。虽然年龄还不到二十岁,但他有比自己年龄成熟的思想。从小,他生活在一个纯粹又贫寒的工人家庭,全家四口人,就靠着父亲在浴池工作的40元多一点的工资生活。他喜欢读书,而且在学校一直是学习尖子生。但在那个特殊的年代,加上家庭原因,他初中毕业便面临着人生的第一次选择:最好的是继续上学,但名额有限,推荐不到他的头上;其次是去兵团,或者直接进入工厂;当然,还有一种选择——去农村。他家兄妹二人,父母便替他选择,让他进了工厂。他心有不甘,却也很快就面对现实了,成了工厂里一个勤奋、好学、肯干的青工。不过,他并没有放弃读书,还找来了高中课本自学。他觉得学习知识总是有用的,无论是做一名工人,还是干其他工作,没有知识,没有过硬的本领,都不可能有更大的作为。一个人,既然干了一行,就应该成为行业的尖子、能手。正是这种心理,促使年轻的刘文清一直坚持在学习的路上。

回到蚌埠的工厂,刘文清总是想起中国科大的大门和大门上的八个大字。但想归想,他自己却明白,也许这一生都不会有进入中国科大学习的机会了。想到这些,他心里有些失望,但并没因此影响工作。他依然是工厂里年轻有为的青工刘文清。年底,他又拿回了一张奖状。他在厂里的技术比武中,获得了位列前三名的好成绩。

命运往往更青睐有准备的人。刘文清就是被命运青睐的一个有准备的人。就在他从中国科大门前回到蚌埠后不久,1975年1月,中央决定将当时大学招生的程序由原来的"单位推荐"改为"考试选拔"。中国科大开始面向社会招生。招生主要以面试为主,当年,在蚌埠只有2个招生名额。这个消息在蚌埠的青年人中引起强烈反响。一大批青年人摩拳擦掌,想为此一搏,成为中国科大的骄子。

刘文清也关注着这个消息,他想参加面试。可是,他只有初中文凭,没有读过高中。即使这些年一直在自学,可也不够系统。他一方面感到自己与招生要求的距离很大,另一方面却又有一种说不出来的自信。父亲看出了他的心思,对他说:"既然想去,就去吧。试试总比不试好!"

行。那就试试!刘文清紧张地走进了考场。

考场上,负责面试的是中国科大年轻有为的郭光灿教授。郭教授三十来岁,戴着副眼镜,透着一种儒雅和高深。他严肃地扫视着考场上的每一个考生。考生们不可能想见,日后,这个负责给他们面试的郭光

灿教授,成了中国量子科学的奠基人。郭教授先是介绍了招生的有关情况,重点强调了国家对人才,尤其是青年人才的渴望。进入面试环节后,郭光灿教授给大家出的大题目是"数理化在工作中的应用",大题目的下面有若干个小题目,其中一题是"在一块圆形的钢板上切截出一个正方形,正方形的最大边长是多少?"

这道题看似简单,却实用,既有理论,又与这些工厂里的青年工人的工作相关。但因为时代的特殊性,不少人很快便被这道题目难住了。他们垂头丧气地走出了面试考场。刘文清却在这时,向郭光灿教授递上了自己的答案:在圆形钢板上截出边长最大的正方形,正方形四个顶点必须在圆周上。正方形边长与对角线,构成等腰三角形。根据勾股定理,便可计算出正方形的最大边长……

郭光灿看完,点了点头,他看着眼前这个瘦高的年轻人,看到了年轻人眸子中闪烁着的渴望之光,他又问了几个问题,然后说:"等通知吧!"

刘文清没有想到,就是这一试,让他试出了一片新天地,也从此开始了伴其一生的科学事业!

一个月后,刘文清收到了中国科大物理系的录取通知书,成了当年中国科大在蚌埠录取的两名学生之一。他第一次挺着胸膛走进了中国科大,开始了为期三年的大学生活。他的老师正是负责到蚌埠招考的郭光灿教授。郭教授一见他,便说:"能从蚌埠到这里来,不容易。何况

你只有初中毕业文凭。不过,我看好你。"

正是郭光灿教授的这句"我看好你",让刘文清有了动力,有了底气,有了信心。不过,他从来就是一个敢正视自己的人,不仅正视自己的优势,更正视自己的不足。相比较班上的很多同学,他没有正规系统地学习过高中数理化,为此,他给自己定了一个目标:用一学期时间,再全面系统地复习一遍,到学期末,让自己的成绩进入班级前列。

目标定了,刘文清便盯着这个目标,挤出一切可能挤出的时间,学,学! 整整三年,中国科大师生们看见瘦高个的物理系学生刘文清出入最多的便是图书馆和实验室。当然还有篮球场,那是他在紧张的学习之余放松的地方。他如饥似渴,跟着郭光灿教授,学老师的知识,也学老师的为人。大学三年,他主修的是激光技术,到毕业时,他已经成为郭光灿教授十分满意和看好的学生。他不但在理论学习上进步很快,而且在实验技术上也展示出了惊人的才华。当选择毕业去向时,他征求郭教授的意见,最终留在了中国科学院安徽光机所。那时候,安徽光机所主要的研究方向也正是激光技术与应用。他很快便成了所里的技术骨干。

20世纪80年代初的科学岛还叫董铺岛,它本来是由1956年修建的董铺水库形成的。董铺水库中的这个半岛,三面环水,安静美丽,在董铺水库的波光中,十分动人。1959年之前,这里还是一座荒岛。1959年,一个规模大、规格高的会议与接待宾馆正式在岛上建设,但到了

1961年,随着国家压缩基建的相关政策实施,宾馆停建。直到1965年年初,几经周折,董铺岛才被中国科学院接收,成立了中国科学院合肥分院。到1970年年底,中国科学院安徽光机所正式在岛上成立。到了20世纪80年代初,岛上已成立起安徽光机所、等离子所、固体物理所等一批先进的科研机构,承担了大量的国家重点科技开发和研究任务。其中,刘文清工作的安徽光机所,是在当时全国已有的长春、上海、西安三个光机所之后新成立的光机所。它主要开展包括高能激光试验和激光大气传输的研究项目,从建所之初,安徽光机所陆续建成了激光器研究室、晶体生长研究室,以及电子技术、光谱学、光学设计、光学镀膜等研究室,同时还建设了一个设备齐全的附属工厂。在刘文清进入安徽光机所二十年后,1998年9月,时任党和国家领导人到岛上视察,提笔写下了"科学岛"三个字,从此,董铺岛便被称为"科学岛"了。

如今的科学岛,一派欣欣向荣。而刘文清在20世纪70年代末上岛时,岛上的设施和条件还相对简陋。不过好在年轻,有志向,他吃得了苦。他忘我地投入科研,到了1985年前后,他萌生了出国留学的念头。因为他觉得自己必须出去开开眼界,一个科学工作者,眼界与格局,决定了他将来的成就。这个念头一产生,他几乎没有任何迟疑,就开始付诸行动了。首先要过的是外语关。虽然毕业于中国科大,但基于客观历史原因,他的外语成绩并不理想,尤其是口语。为此,他制订了外语攻坚计划。一方面,从单词开始,从头苦学;另一方面,在当时工

资不高(每月50元)的情况下,他硬是以每月扣10元、连续扣3年的方式,从所里分期付款购置了一台进口录音机,天天跟着录音机学英语口语。功夫不负有心人,到1987年3月,当刘文清获得国际理论物理中心资助到意大利米兰做访问学者时,他已能用外语自如沟通,这让他在两年的访学期间,积累了更加丰富的知识,回国后,他很快拿到了安徽光机所的理学硕士学位。这期间,他主要从事超短脉冲激光器、激光遥感的研究。

*1993年3月,又一个莺飞草长的春天,刘文清再次踏上了出国学习的征程。他远赴希腊克里特研究中心欧共体激光开放研究室做访问学者。因为其在激光与医学领域的技术研究,1995年他被授予希腊克里特大学医学博士学位。*

1996年12月,刘文清进入日本千叶大学环境遥感监测中心做研究员。这是他第一次全面接触环境遥感监测技术,也是他学术生涯中最为关键的一段经历。到了1998年4月,他再次获得日本文部省资助,在千叶大学环境遥感监测中心做博士后研究。这期间,他多次在国际重要期刊上发表论文,在环境遥感监测科学研究领域崭露头角。在日本千叶大学,他的导师竹内延夫曾不止一次地表示,希望他留在日本工作。然而,他都谢绝了。他觉得他是一个中国培养起来的科学家,他必须为自己的祖国奋斗,将自己所学的知识贡献给自己的祖国。

丰富而扎实的学术经历，植根于血液中的爱国情怀，对科学前沿的敏锐把握，终于让刚过不惑之年的刘文清，在1998年的科技体制与机制改革中，做出了自主创新的选择。日后，他在一些采访中，曾多次表示，他总是想起当年站在中国科大门前的情景，想起郭光灿教授面试的情景，想起在岛上苦学外语的情景，想起在国外做访问学者和研究员的情景。万千的情景交融，最终汇成了一条即将浩荡奔流的科技创新大河，而他，正是这河上的击楫者、冲浪者、胜利者。

1998年在日本千叶大学工作时的刘文清

第三章 艰难的第一步

目标选定了,接下来要考虑的便是干什么,怎么干。

干什么?大的方向已经明确——环境光学监测。就在参与所里科技体制改革的这段时间里,刘文清一直在坚持翻阅大量的国内外环境监测方面的资料,并且向当时的所领导胡欢陵做了多次汇报。与此同时,他还向国内一些环境监测领域和光学领域的顶级专家王大珩、何多慧、任阵海、魏复盛等反复请教。当时国内的环境监测科学发展水平高低不一,方法和手段都还相对落后,特别是监测自动化和监测仪器及设备方面,与国外先进水平相比,差距明显。这种差距,已明显不适应中国工业化发展与人口大国的现实,中国呼唤着更能适应中国国情,更具有科学性、前瞻性和实用性的环境监测技术及应用。因此,环境

第三章　　　艰难的第一步

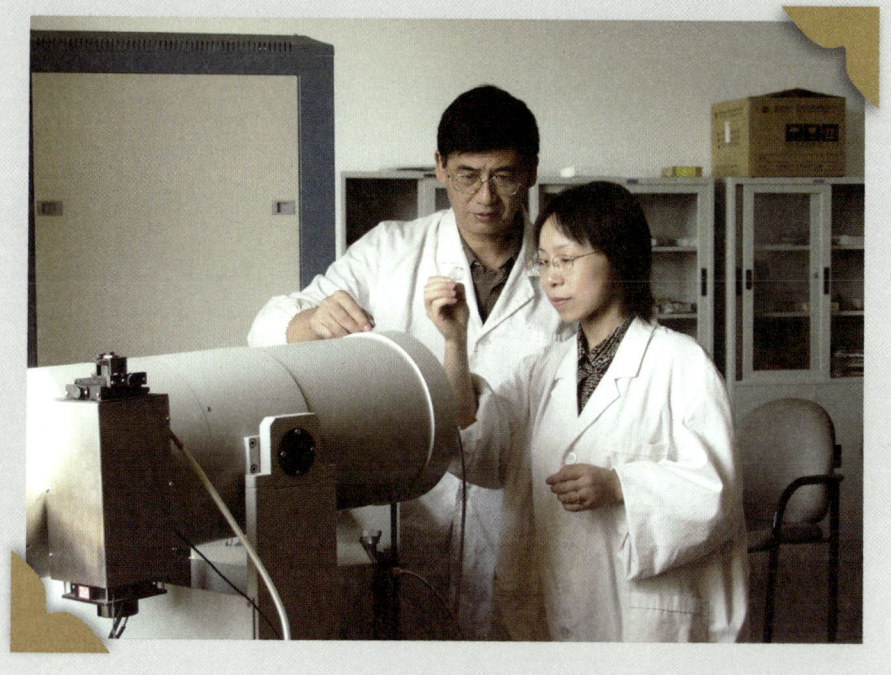

2003年,刘文清在实验室指导研究生工作

光学监测这个大方向必须坚持。然而,在坚持大方向的基础上,第一步怎么走?

咖啡的香气,在实验室里弥漫开来。刘文清抿了口咖啡,这是他在国外多年养成的习惯。一旦思考问题或者凝神于某一件事情,他便喜欢在咖啡既香又苦的滋味中,慢慢咀嚼,慢慢品尝,并一点点地厘清思路。"不能披头散发地搞科研",这是他在国外学习多年的习惯。科研得弄齐整了,弄明白了,弄透彻了,搞起来才会顺手,才会出成果。他觉得搞科研就像喝咖啡,总是先苦后甜。就如同搞科研不适合那些坐不住冷板凳的人一样,喝咖啡要经得住咖啡的苦,才能品味出咖啡的香。而且,他还特别喜欢咖啡伴侣,这就如同他的团队:有咖啡,有伴侣;有方向,有团队成员。只有这样,路才能走出来,才能走得更好。

团队的成员从五位增加到了十位,大家聚在刘文清的实验室里,商量这第一步该怎么走。刘文清说:"第一步必须走好,只准成功,不准失败。我们失败不起,只有20万元,钱得用在刀刃上。"

"火车跑得快,全靠车头带。"刘建国这样说。项目技术路线确定后,刘文清亲自带队去中国环境监测总站观摩进口设备,去北京向领域专家汇报并向其咨询。"那时没有动车,为了节约白天时间,我们都是乘坐通宵火车往返北京。为了节约经费,有硬卧就坚决不乘坐软卧,到了北京就住在中国科

学院招待所的地下室里,记得那时一个房间有四个床位,另外两个床位住的都是我们不认识的旅客。"刘文清回忆说。

在此之前,刘文清心里已经有了个小想法:他想瞄准环境光学监测设备这一块,由此突破,从设备研发带动学科基础研究开始,进而开拓环境光学监测科学在国内的发展。但这个想法对于他来说,也明显带着挑战——虽然自己曾在日本千叶大学涉猎过环境光学监测,但由于长期以来都在做激光遥感等高技术研究,在工程设备领域,尤其是环境光学这块陌生的,甚至在国内处于一片荒芜的土地上开垦,还存在着严重的学科交叉和角色转换的问题。这问题不仅刘文清有,其他人也都有。只有在正确的大方向下,走好第一步,才能让团队鼓足信心,勇往直前。

大家激烈讨论,各种想法不断碰撞。实验室里仿佛能看见那些碰撞出来的火花,比夜空中的烟火还要闪亮。

刘文清说:"岛上那每到夜晚就亮起来的激光光束,那么美丽。我们也要把我们的事业做成那样。激光照亮夜空,我们要将我们的技术和成果,铺就中国的环境光学监测之路。"

是啊,路总得人来走。刘建国说:"这第一步必须小而准。选一个既契合我们科研水平,同时又能为今后指明方向的小目标,至关重要。"

刘文清同意这种说法,他说:"我也一直在思考。我觉得我们要瞄准'三气'来做文章。这方面,我们有一定基础,而且实用性强。国内这

块需求也很大。目前,国内环境监测设备,百分之九十九都从国外进口,每年国家会为此支付大量的外汇。而且,制造技术和数据分析技术,都还得依赖人家。这个脖子卡了我们十几年,卡得难受,卡得痛苦。我们得在这方面努力。一是做好基础研究,二是强化设备研发。"

"对。两条腿走路,这样,既能在基础研究中出成果,同时又能通过设备研发推动基础研究向纵深进行。"谢品华快人快语。

陆亦怀沉着冷静,这些天,他跟刘文清一样,也在研究,在思考。环境光学监测,不仅是设备研发,还涉及基础研究,基础研究中的算法研究,是分析数据和得出结论的重要依据。陆亦怀是学电子出身的,虽然对计算机有一定的研究,但要承担起整个团队算法研究这一重任,他还是有些忐忑的。不过,通过这一次次的讨论,一次次的碰撞,他的心基本定了。他同意刘文清以"三气"为突破口的方案。所谓"三气",即空气、烟气和尾气。空气指影响人类生存环境的大气;烟气主要指燃烧系统排放的废气;尾气的研究则重点针对汽车等交通工具排放的废气。"三气"涉及国民经济的重要方面,这种研究有价值,有意义,也有前途。

三天后,新成立的中国科学院安徽光机所环境光学研究室正式运作。刚运作的研究室回答了本章开头的两个重要问题:干什么?怎么干?

干什么?主攻方向是大气污染。刘文清团队在经过深思熟虑后决定,以开展城市空气质量监测为主,仅仅关注平面不够,必须上坐标;既

要在学术上站住脚,技术成果也要实现产业化;既要获得国家环境管理部门的认可,也要为国家的宏观决策管理提供思路。

怎么干? 必须研究"三气"中的科学问题:一是城市的空气质量;二是燃煤锅炉的烟气排放浓度;三是汽车尾气的排放浓度。他们要做的是对能耗和污染状况进行监测,为政府和企业提供准确、可靠的相关数据,以便控制和降低空气的污染程度。

在技术的研发路径方面,则是面向国家对空气质量、污染源在线监测技术的需求,发展二氧化硫、二氧化氮、臭氧及颗粒物(PM10、PM2.5)等光学在线监测技术,改变我国传统监测技术,由手工采样、实验室分析向自动在线监测技术跨越,支撑国家环境质量自动监测体系的建立。

方向明确,蓝图绘就,接下来就是团队的奋力拼搏了。科学岛上,人们时常会看见来去匆忙的刘文清团队的研究人员。他们实验室的灯光总是亮到深夜。20万元,这是他们的起家本钱,刘文清不觉得少,只觉得应该格外看重。他们第一个启动项目是研制二氧化硫的空气监测仪。刘文清对团队伙伴和领导表示:"我们不能只满足于向上交差,走形式,向国家打报告要钱,却不正经干事,即便要到经费,这样的工作我们也不做,我们的科研项目必须面向国家的战略需求。要做,就得在高起点上做好!"

二氧化硫,是一种最常见且最简单的硫氧化物气体,无色、透明,有

刺激性臭味,可溶于水、乙醇和乙醚。二氧化硫是现在已知的主要大气污染物之一,来源于火山喷发、工业过程等,尤其是煤和石油等含硫燃料燃烧时,会产生大量的二氧化硫。二氧化硫溶于水后,会形成亚硫酸。亚硫酸在PM2.5存在的条件下氧化,迅速形成硫酸,导致酸雨的形成。在大气之中,二氧化硫会形成硫酸雾或硫酸盐气溶胶,是环境酸化的重要前驱物。二氧化硫会对人的眼睛、鼻、喉和呼吸道产生刺激和腐蚀作用,如果吸入浓度较高的二氧化硫,可以导致肺水肿、声带痉挛等人身伤害。

从20世纪50年代开始,世界环境监测技术先进的国家就已将二氧化硫、二氧化氮、臭氧等监测防治作为工作的重中之重。为了更准确、更有效地获得监测数据,进而开展分析,提出有针对性的治理方案,德国等国家率先在全球开展了环境光学研究与开发。他们将环境光学技术与光学、激光、光谱学等方法和技术相结合,同时结合信息科学技术获取环境信息并进行加工和处理,实现多空间尺度、多时间尺度、多参数的环境污染物定量测量和分析。到1999年,环境光学技术逐渐发展成了包括差分吸收光谱(DOAS)、可调谐半导体激光吸收光谱(TD-LAS)、傅里叶变换红外(FTIR)光谱、非分散红外(NDIR)光谱、激光雷达、光散射测量、荧光光谱、激光诱导击穿光谱(LIBS)等技术的环境光学监测方法、技术与标准体系。而对二氧化硫、二氧化氮、臭氧等污染气体的监测,则主要通过差分吸收光谱的技术方法。这种技术在20世

纪70年代末由德国海德堡大学环境物理研究所的Platt等人提出，主要用于紫外–可见光波段存在吸收的气体分子的解析。中国国内虽然也有一部分差分吸收光谱监测设备，但设备本身和数据都源于国外，整体监测能力弱，已经无法适应中国大气环境监测的现实需求。

因此，刘文清团队提出以二氧化硫监测设备为突破口，迅速引起了环境监测学界的高度关注。这些关注中，有支持、鼓励，也有观望、揣度。刘文清埋头在实验室里，不分昼夜地设计、计算。仪器原理看起来简单，要实现应用则非常不易。刚进入这个领域不久，刘文清团队就立刻遇到了一些棘手的问题。一是光源，光源要稳定。二是算法软件，浓度反演计算方法要准确。针对这些难题，他们一方面派团队中的青年骨干到德国海德堡大学等单位开展国际合作交流，掌握紫外差分吸收光谱技术的核心反演方法，即通过一束光照射到污染气体上，然后通过污染物吸收的光谱波段，反演计算分析出污染物的性质、浓度、含量。另一方面，经过多次试验后，团队决定首先采用紫外荧光法原理，研制点式二氧化

点式二氧化硫监测仪

2004年,刘文清在实验室向周光召院士介绍科研工作进展

硫监测仪,成功后再研制化学发光法点式氮氧化物监测仪。

思路一旦打开,立即就被付诸行动。很快,安徽光机所环境光学研究室便制造出了第一台点式二氧化硫监测仪。别看这只是一台小小的仪器,它却凝聚了中国环境监测和光学科技人员的心血。这是一次新的启程,它关乎中国环境光学监测自主产业化的进程,意义重大,影响深远。

2000年年初,当时囊中羞涩的刘文清团队想方设法筹集经费,参加了国家环保局在北京举行的国际环保仪器展览会。在此之前,每届展览会,其实就是外国环保产品的集中展示会,而这次,令人瞩目的变化是,中国自己生产的点式二氧化硫监测仪正式亮相。这台仪器成了展览会的明星产品。展览一结束,武汉天虹公司的李虹杰董事长就专程来到合肥,与中国科学院安徽光机所签订了环境光学研究室成立后的第一份技术转让协议。

小试牛刀,便取得如此不凡的成绩,这让刘文清和团队的伙伴们信心大增。他们一鼓作气,很快就研发出了β射线测颗粒物质量浓度技术,也很快将该技术转让给了河北的先河公司。

有了这两次的成功,刘文清的安徽光机所环境光学监测研究团队在国内的环境监测领域,正式竖起了环境光学监测的旗帜。历史不会忘记,作为开拓者,刘文清和他的团队,在世纪之交,为中国环境监测科学做出的巨大贡献……

# 第四章 携手"863"

　　"863"计划,全称是"国家高技术研究发展计划"。20世纪80年代初,针对国际上,尤其是西方大国不断实施高科技战略(包括美国提出的"星球大战"、苏联制定的"高科技发展纲要"、法国及西欧其他国家推出的尤里卡计划、日本出台的"今后十年科学技术政策"等)的大背景,中国一些参加过"两弹一星"研制的科学家,如王大珩、王淦昌、杨嘉墀、陈芳允等深知,国家和民族要发展,高新技术必须进步,而真正的高科技是永远也不能用钱买来的,只有自力更生,自主创新。于是,1986年3月3日,上述4位科学家给中央发出了《关于跟踪研究外国战略性高技术发展的建议》。

　　两天后,邓小平就对这份建议做出了重要指示:"宜速

决断,不可拖延。"随后,中央组织了全国200多位专家充分论证,并据此做出果断决策:于1986年11月,启动实施"高技术研究发展计划"。计划旨在提高我国的自主创新能力,坚持战略性、前沿性和前瞻性,以前沿技术研究发展为重点。因关于这项计划的报告提交时间为1986年3月,因此又叫"863"计划。

在环境光学监测领域刚刚起步的刘文清,自然也希望通过"863"计划获得扶持。因为这种扶持,既是在项目资金层面的支持,又是对项目本身的肯定。能进入"863",就意味着项目具有高科技创新属性,而这,正是环境光学监测团队所坚持的追求。而要申报"863"计划,首先要确定好优势项目,其次是要有具体的切实可行的项目实施方案。刘文清和团队的其他人员,在比较国外同行业先进水平和技术后,立足国内需求,还是回到了他们当初确定的环境光学监测的目标上——"三气"监测。在空气监测上,他们已经研发出了点式二氧化硫监测仪和β射线测颗粒物质量浓度技术,而在烟气和尾气的监测研发上,他们还没有起步。当时国内的现状是,

"863"计划选择了对于中国未来经济和社会发展有重大影响的7个领域、5个主题作为突破重点。近40年来,一大批令中国人骄傲的高新技术都曾进入"863"计划,这里面就有高性能计算机、移动通信、北斗卫星、机器人、制造业信息技术、天地观测系统、新一代核反应堆、超级杂交水稻、新材料等。

机动车产业发展迅速,机动车尾气污染已成为大气环境污染的一个重要成因。以国家的需要和产业发展的需求为导向,是刘文清一直坚持的理念。他决定就从汽车尾气监测入手,正式向国家"863"计划提交了"道边机动车尾气的测量"项目。

中国科学院合肥分院和安徽光机所也将刘文清团队申报的"863"项目作为重点项目,向中国科学院及环保部做了汇报。一些环保和光学领域的专家,在评审项目时认为,项目针对国民经济发展的重大问题,以环境光学监测为科技支撑,具有极强的实用性和自主创新意义。同时,项目提出了道边机动车尾气测量项目设备产业化,这是将环境光学监测技术和环境光学监测设备产业化同时发展的有重大意义的战略性项目。很快,该项目过关斩将,获得审批通过。这是刘文清环境光学监测团队申报成功的第一个"863"项目,整个团队都相当兴奋。项目虽然只有260万元经费,但申报成功的背后,体现出的是对团队研发方向的肯定,是对刚刚起步的中国环境光学监测方向的肯定。

项目拿到手了,刘文清还是秉持他一贯坚持的原则:不搞虚的,不搞花架子,不唯项目是项目。他要踏踏实实地做点事,将项目做成技术研究与产品开发的样板。当时,国外道边机动车尾气测量类似设备,每套进价就超过260万元,跟"863"计划扶持给他们的资金正好擦边。刘文清要求团队在这个项目的实施上必须达到两个目标:一是建立机动车尾气测量技术规范,二是制造出机动车尾气测量仪器。这两个目标,

在国内环境监测领域,都是新课题,没有资料可查,没有经验可以借鉴,团队只有在理论与实践不断结合、不断碰撞、不断改进的过程中,逐步向这两个目标迈进。

就在机动车尾气测量项目紧张研发之时,皖北的一家企业从国家"863"计划项目公告上了解了项目的基本情况,提出要与安徽光机所环境光学监测团队合作,共同研发设备。刘文清此前在点式二氧化硫监测仪和β射线测颗粒物质量浓度技术设备的开发上,已经有了与企业打交道的经验。而且,作为一名曾经在工厂干过五年的技术工人来说,他对技术走向产品,有着本能的亲切感。技术是纸上的,产品是将技术变成生产力的重要方式。让技术躺在纸上,或者锁在抽屉里,那是对技术的侮辱。技术必须走向市场,为企业服务,为人民服务,这也是一个科技工作者的初心所在。企业找上门来,这正好与他的想法一拍即合。他同企业负责人谈了半天,原来这负责人早年也曾在科学岛上工作过,对安徽光机所的情况很熟悉。这是一个对市场十分敏感的企业负责人,而且,他曾经也同其他技术单位商谈过机动车尾气监测项目,只是由于技术因素,未能将合作进行下去。刘文清很快同该企业签订了协议,成立了安徽宝龙公司,专门进行环境光学监测设备的研发与生产。

从拿到"863"计划项目的兴奋中抬起头来,刘文清团队很快便沉进了技术研究与设备同步研发的进程。机动车尾气监测,看似简单,只是

对机动车排放的尾气进行适时、适量监测,但机动车是运动中的物体,对监测设备的要求比对固定物体监测设备的要求更高。另外,机动车尾气成分复杂,尾气排放监测涉及尾气温度、速度、成分含量等,这就要求监测设备光源、光谱反演分析与之相适应,能对运动中的物体排放的气体在短时间内形成光谱,并且能够科学分析,得出有关机动车尾气的数据。

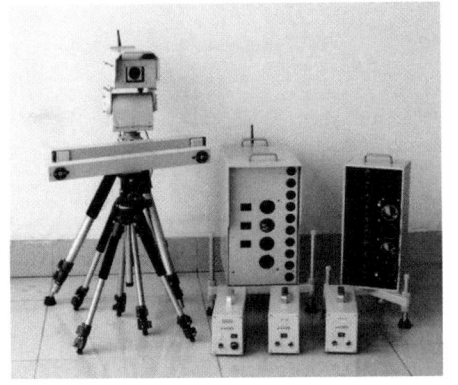

机动车尾气测量仪(1)

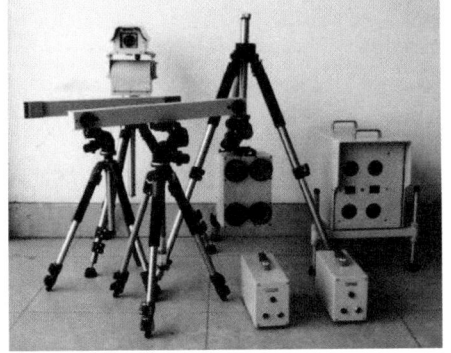

机动车尾气测量仪(2)

一开始,他们沿袭老的思路,计划用一台仪器同时对4个参数进行监测。但经过多次实验后,他们发现,一台设备无法获得充分而动态的监测数据。这时候,团队中有人提出了利用紫外和红外两台光学设备,同时对运动中的机动车进行监测,两台仪器实时监测数据,进行汇总校正,获得整套机动车尾气监测的数据。这个想法听起来有些天方夜谭,但事实上很管用。在监测设备关键部件的选择上,团队没有依赖阳光、月光、星光

等被动光源,紫外仪器采用氙灯光源,红外仪器采用激光光源作为设备光源。在具体技术路径上,通过设置在道路两边对称的两台激光监测设备,将激光光源打入通过的机动车尾气中。激光与尾气相遇,机动车尾气成分会吸收光源发出的特定波长的光,传输回光谱仪后,形成完整的吸收光谱,光谱仪再对光谱进行反演分析,从而推导出机动车在通过监测设备时尾气的温度、车辆的速度、尾气的成分和含量等,通过这些数据分析,团队提出机动车尾气监测、改进、治理的相关建议。

安徽宝龙公司根据刘文清团队提供的技术路径和设备图纸,经过近半年的摸索,生产出了第一台水平移动式遥测样机。产品采用红外激光二极管差分吸收光谱技术、紫外差分吸收光谱技术、微弱信号检测技术和模式识别技术,完成了对机动车所排放的一氧化碳、二氧化碳、一氧化氮、碳氢化合物、不透光烟度的实时监测,并通过牌照识别技术,实时分析出了机动车监测结果。样机被送到科学岛上后,刘文清亲自带着样机到道路上进行试验。机动车呼啸而过,从道路两边发射出来的两束激光,瞬间进入机动车排放的尾气之中。很快,光谱仪上就呈现了跃动的光谱。根据算法反演,机器很快就导出了机动车尾气及污染物监测结果。

成功了!刘文清与伙伴们击掌相庆。

"863"计划项目第一次申报,第一次获批,"863"计划环境光学监测产品第一次推出,而且,就目前的性能来看,基本能达到项目设计的初

始目标。安徽光机所环境光学监测研究室刘文清团队，不仅完成了项目计划指标和技术指标，同时还向国家交出了一份满意的答卷。

2003年，由安徽光机所环境光学研究室刘文清团队承担的"863"机动车尾气监测项目，正式通过验收。他们在水平移动式遥测产品投入批量生产后，又相继研发了水平固定式遥测产品、立式（垂直式）遥测产品等系列遥测产品。这些产品在一些大型城市，特别是一些机动车密集的城市投放后，监测及时、准确，方便、实用，很快就代替了从国外进口的产品。在2003年的北京环境监测产品展示会上，刘文清团队的系列产品一亮相，便引起了外商的注意。他们根本不曾料到远在中国安徽的光机所和宝龙公司会拿出如此成熟且价格低于国外同类产品近一半的系列遥测式红外、紫外差分吸收光谱仪。他们不得不感叹，中国这个最大的环境光学监测设备市场，即将被中国的产品占领了。而且，他们甚至不无痛苦地预见，在不久的将来，中国产品不仅会占领中国市场，还有可能走向世界环境光学监测市场。

刘文清对此有信心，整个团队更有信心。就在"863"计划项目落地的同时，2000年5月，安徽光机所环境光学监测研究室团队又争取到了中国科学院知识创新工程方向性项目"环境污染高灵敏度光谱在线监测技术研究"。这个项目同样获得了成功，刘文清在项目验收会上，十分激动，他说："这个项目争取到手后，我们所能做的工作有些专家心里还不太有底，担心500万元的项目经费会打水漂。而在项目完成验收

后，我们拿出了一系列过硬的、扎实的成果，包括理论研究成果与监测产品。专家们认可了，也从此对我们的环境光学监测更支持，更高看一眼了。"

世纪之交，第一次获得国家"863"计划支持，之后的二十年间，安徽光机所环境监测研究室团队先后7次获得国家"863"计划项目支持，这些项目有力地支撑了团队对自主环境光学监测技术的研究与设备开发，使刘文清团队真正成了中国环境光学监测技术的开拓者、领跑者。

第五章 一波三折

　　科学岛上，一晃又过去了三四个春天。刘文清有时也会走出实验室，在岛上的树林里和小径间随意地、漫无目的地走走。他喜欢看阳光从树叶间洒落，在地上形成的美丽的图案。他也喜欢看那些小花小草，在小径两旁，诗意地生长。有时，他会抬头看天，他眼中的天空一直往上，一直到肉眼所无法企及的高处。中国古人说：高处不胜寒。那高处，其实也同地球上一样，充溢着大气。只是我们无法触摸、无法感知罢了。但无论是对流层，还是平流层，都是客观而真实的存在。而且，它们的存在，与地球上人类的活动相互影响。地球上，人类生存、生产、生活的大量污染物，会随着大气循环，从低处升到高处，成为大气的一部分。

登泰山而小鲁，
赴环境监测科学高峰而
抒壮怀！

　　刘文清想起在希腊克里特岛留学时的那片如洗的天空，那片青绿的海水。他曾在给家人的信中写道：这里海边的鸥鸟在蓝天下优雅地盘旋，大气洁净得可以用纤尘不染来形容，真是风光宜人。他有时也想，中国作为一个发展中国家，经济正在高速发展，环境问题也越来越突出。国际社会近些年来，特别是1997年《京都议定书》签订以后，围绕大气污染，尤其是碳排放、碳达峰、碳中和等，正在积极探讨，并出台了一系列限减排方案。欧美先后进行了两次工业革命，到20世纪七八十年代，已基本完成了工业的原始积累，工业从资源型迈向了科技支撑型，碳排放相对稳定，在此形势下，中国作为一个比欧美发达国家工业革命晚三百年的发展中国家，直到世纪之交，才开始真正意义上的工业革命，碳排放不可避免地出现升高趋势。一些发达国家因此对中国指手画脚，他们甚至利用他们在大气环境监测方面的科技优势，抢占话语权，并试图设置绿色贸易壁垒。欧美国家的大气监测卫星定期对中国大气进行遥测，但对遥测数据却不公开，只使用其中一些特殊数据，指责中国的环境保护政策。因此，作为中国科学家，而且是从事环境光学监测研究的科学家，责无旁贷，必须通过自己的学术研究和奋斗，为中国的大气环境监测和治理，为中国在减污降碳领域争取国际话语权，做出应有的贡献。

　　刘文清想到这，心情颇不平静。回首这几年的科研和产业化历程，他的团队已完成了环境光学监测科学的起步，并以令人震惊的成绩，在

国际环境光学监测舞台上亮相。到 2003 年年初,安徽光机所环境光学监测团队先后开展了二氧化硫点式监测、移动式机动车尾气遥感监测、β 射线测颗粒物质量浓度、烟气紫外差分吸收光谱术等研究与设备研发,他们的很多产品已在国内环境监测站点和一些特定企业使用。"三气"中的尾气、烟气监测技术研发日臻成熟,但"大气"监测研究与设备研发,却才刚刚开始。在中国科学院知识创新工程方向性项目"环境污染高灵敏度光谱在线监测技术研究"的实施过程中,刘文清就提请团队伙伴,着手于大气环境光学监测的研究。年轻博士刘建国、谢品华等很快就投身技术攻关之中。他们经过慎重分析后,确定以大气污染监测长程差分吸收光谱技术为主,将对大气污染源尾气、烟气等的监测,扩展到与地球人类活动密不可分的大气环境质量的监测。

我们呼吸的空气,就是大气,其中不仅有可供我们人类呼吸的氧气,还包括氮气及浓度极低但对人们健康和环境有很大影响的污染物成分。大气中所有这些气体成分,都有自己的特征吸收光谱。用一束光照射,或者利用太阳散射光照射,不同的空气成分或者污染物会在一些特定频率上对光波进行吸收,形成特征吸收光谱,就好比人的指纹。通过一些仪器、设备和一定的计算方法、分析方法,就能把这些产生特征性光谱的物质成分检验、测量出来,如此也就能弄清楚光路上不同高度的污染物成分和含量。刘文清是希腊克里特大学的医学博士,他读博士时研究的就是光学与治疗,他将医学的概念引入环境光学监测,说

大气环境监测，就如同给大气做CT。这种比喻新鲜、生动，也十分形象到位地阐释了大气环境光学监测科学的本质。

现在，刘文清团队将目光瞄准了大气环境光学监测，就是要给大气做"CT"。他们的理论技术研究就是做CT的技术依靠，而他们伴随理论技术研究而研发的大气环境光学监测系列设备，就是CT机，是穿透和看清大气环境的利器。

长程差分吸收光谱仪是大气环境光学监测最为重要的设备。刘文清在日本时，跟随导师操作过由外国人生产的同类设备，但这种设备国内一直没能研发生产出来。随着国内环境保护治理规划的实施，环境监测站点会越来越多，所需要的环境监测设备也会越来越多。都依靠进口吗？都眼睁睁地看着中国人每年将大把的外汇送到国外去购买设备吗？都一直在国外的技术垄断和产品覆盖之下，做中国的环境监测事业吗？

不能，也不甘心。这是刘文清团队响亮的回答。

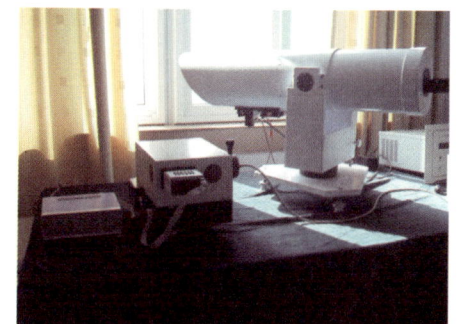

长程差分吸收光谱仪

就是靠着这种不能和不甘心，加上刘文清的科学方法与理念，团队由刘建国具体负责，大家在科学岛的实验室里，趴窝似的攻克技术难关，摸索监测设备制造。刘文清时常会提醒正埋头研究的伙伴们停下来，喝杯咖啡。咖啡的香气，会让实验室里紧张的气氛很快得到缓解。就在这种既紧张又紧盯目标的坚定中，长光程差分吸收光谱研发进入了深水区。

第一个要攻克的难题是光源。用什么样的光源，决定着监测的准确度与数据的真实性。差分吸收光谱系统按光源不同，分为主动差分吸收光谱系统和被动差分吸收光谱系统。主动差分吸收光谱系统的光源主要是人造光源，如氙灯、氘灯等；被动差分吸收光谱系统则利用太阳光、月光、星光等作为光源。团队经过反复考量，决定采用主动差分吸收光谱系统光源，并进而发展长光程差分吸收光谱系统。

光源确定了，收发一体光学系统又成了横亘在团队面前的一座山。刘文清发动大家在参考国外文献的基础上，结合中国实际出谋划策。他们不断地制备，不断地试验，不断地失败，再不断地制备，不断地试验。1999年几乎大半年的时间里，他们都耗在收发一体光学系统上。终于，当科学岛上的那些植物结出可爱的果实时，他们终于制备出了第一套主动差分吸收光谱收发一体光学系统。系统制备成功后，刘文清在咖啡中多加了一袋伴侣，而且，他以咖啡代酒，与伙伴们碰杯。这一举动表达的不单是成功的喜悦，还是一群跋涉者望见曙光的兴奋。

主动差分吸收光谱二氧化硫监测系统涉及成百上千个元件。而这些元件，百分之九十五以上都只有国外才有。一方面经费有限，另一方面购置元件是不二之选，这让刘文清的眉头又一次拧了起来。他召集团队开会，提出，能自己造的尽量自己造，不到万不得已，不购买国外的元件。他的理由很简单：一是节省经费，二是学习技术，最重要的一条是，我们不可能一直靠从国外进口元件来制造我们自己的监测设备。

白手起家，自力更生，到新世纪来临之前，中国科学院安徽光机所环境光学监测团队不仅在环境光学监测理论研究上取得了初步成果，而且设计制造出了国内第一台主动差分吸收光谱仪，即长程差分吸收光谱样机。到了这个时候，刘文清的心里总算对这第一步有了底，刘建国等主要技术骨干也信心满满，期待着产品能尽快投入应用。而陆亦怀和几位青年技术人员，也基本解决了反演算法问题。万事俱备，只欠东风。而东风很快就到了。

东风就是国际环境保护与治理的大趋势，就是对环境保护与治理，尤其是大气污染治理方面的市场需求，就是国内不断兴建的环境监测站点，更是整个产业对国内成功制造环境光学监测设备的期望。就在中国科学院安徽光机所环境光学研究室刘文清团队设计制造出第一台专门用于二氧化硫监测的长程差分吸收光谱仪时，长江边安徽铜陵的一家企业，也敏锐地感觉到了环境监测市场的巨大潜力。该公司年轻的负责人钱江，很快专程赶到了科学岛。

钱江一上岛，就被岛上深厚的学术氛围所震撼。他找到环境光学研究室，当时刘文清正和伙伴们调试机器。那个方方正正的金属盒子包裹的仪器，正放在工作台上——一台伸出来的望远镜，下面拖着长长的导线，再下方是用于光谱接收分析的光谱仪。整台仪器虽然看起来有些粗糙，但大模样出来了，而且，钱江作为精密仪器制造企业的行家，能感觉到这台设备的潜力。

刘文清抬起头时，发现了站在门口的钱江，便招呼他进来。一进门，钱江就迫不及待地介绍起自己的企业：企业以前在大别山的深山里，是一家军工企业。1988年，企业主体国营4150、4963、4524三家军工厂从大别山搬迁到沿江的安徽铜陵；1996年，由三厂资产重组，军转民后成立三佳电子集团公司。公司主要进行电子、机械等精密仪器的设计与制造。目前，企业根据市场需求和产业发展方向，正在谋求环境监测，特别是环境光学监测设备的制造。

"好啊，好！"刘文清爽朗一笑。这一笑，是对当初他选择自主技术创新的肯定，也是对团队快两年的艰苦奋斗的肯定。

刘建国等团队成员详细地给钱江介绍了长程差分吸收光谱仪的原理，并提供了一系列的实验数据和外场检验数据。钱江说："这个，我们要了。"

大家都松了口气，觉得辛辛苦苦培养出来的"女儿"，终于能"嫁"出去了。可是，刘文清却不容置疑地给了两个字：不行。

为什么?

"我们不卖产品。卖产品不是我们的目的。何况目前这台设备也还有一些技术问题需要进一步解决。更重要的是,我们不可能将它卖给你们,一卖了之。"刘文清说,"我们必须通过合作制,来推动产品的产业化。"

"怎么合作?"钱江问。

刘文清说:"我们出技术,你们生产。股份制经营。"

"行!"钱江爽快地应道。

很快,铜陵三佳电子集团公司与中国科学院安徽光机所环境光学研究室的合作事宜就谈下来了,整个团队洋溢着一种收获的喜悦。但刘文清却很清楚,这才是第一步,往后的路还长着呢。

而且,刘文清给三佳及团队的伙伴们提出了新的要求:通过示范展示,验证产品的性能及运行稳定性。同时,根据展示试验,找出产品本身还存在的需要改进的地方,加大改进力度,提升自主创新能力,使产品在推向市场时,能够做到准确、好用、便宜。

按照刘文清的要求,团队分成了两组:一组负责带着产品,到相关展览会、交流会等场合展示交流、演示试验;另一组则在研究室对产品再进行认真打磨,力求做到每一个细节都尽善尽美。

恰恰就在这个时候,问题出现了。

外出展示演练小组第一站去的是武汉,在一个60人参加的交流会

上，年轻的刘建国拿出了长程差分吸收光谱样机。机器在所里已经反复调试，各种性能都处在正常状态。但当他们打开电源，操作示范时，仪器却表现出极大的不稳定性，光源效果也不是很理想。这让他们一头雾水，甚至有些沮丧——奋斗了两年的成果，第一次在业内大规模的交流会上亮相就出了洋相，他们不甘心，却又无可奈何。

草草收场的展示演练后，刘建国赶紧给刘文清打电话汇报。刘文清也觉得纳闷：问题出在哪儿呢？在所里测试时好端端的设备，怎么到了交流会上就变得不稳定了呢？

刘文清远程指导他们对所有器件重新调试，必须找出症结，解决问题。同时他也提示他们，注意一些外在因素的影响，包括器件本身的不稳定性等。

这天晚上，在武汉天虹公司的展示大厅里，刘建国和几个学生通宵达旦，将设备上所有的器件都重新进行了一次调试，结果良好。他们再回过头来总结：器件没问题，组装没问题，而演示却出现了问题。那么，问题最大可能是出在长途运输上。

环境光学仪器组装精密，长途运输强烈的震动难免会影响到设备的稳定性。这或许就是刘文清所提示的外在因素。这是他们一开始没有预料到的，他们的目光一直盯着设备自身的技术指标，而忽略了长途运输对设备稳定性能的影响。

虽然这次武汉展示演练因为外在因素出了一点小状况，但安徽光

机所环境光学研究室制造出了中国第一台长程差分吸收光谱仪的消息,还是让业界震惊。这对于中国环境光学监测科学来说,是收获的第一枚果实,是他们第一次看到由中国人制造的环境光学监测设备,也标志着中国环境光学监测技术真正到了理论与实践相结合的应用阶段。

第六章 "吃螃蟹"

"我们就要做第一个吃螃蟹的人。"刘文清时常一边品着咖啡，一边和团队的伙伴们谈心。

搞科研是坐"冷板凳"，既要耐得住"冷"，还要在"冷"的过程中，探索、发现、追求和取得成功。科学研究经常会碰到瓶颈，碰到高坡，而作为科研人员，只能突破瓶颈、翻过高坡。刘文清坚持认为，在科研的路上，必须时刻做好准备"吃螃蟹"，想前人之未想、做前人之未做，从而得前人之未得。

团队在一系列环境光学监测技术难题得到初步攻克之际，吃起了第一只"螃蟹"——以技术入股，成立股份制公司，走上了中国环境光学监测设备产业化之路。

艰难的第一步中的这一曲折，日后，被安徽光机所刘

2016年，刘文清在实验室调试研制的有毒有害气体激光监测系统

文清团队经常提起，设备在武汉等地出现问题也成了他们常说起的话题。刘文清戏称这为"水土不服"，而在随后的几次交流会展示中，设备又多次出现问题。不仅运输上会出问题，还有设备因从安徽光机所所在科学岛，到达一个空气、湿度等都有所变化的新地方，设备精准度也产生偏差的问题。刘文清觉得，必须正视这些问题，既然要让产品进入市场，服务环境监测事业，那么，就必须拿出最好的东西，不能用那种劣质的、不符合要求的，或者说三天两头就坏了的设备糊弄人。整个团队又猫在实验室里，一次次改进，一次次调试，一次次校正，终于，他们造出了他们认为"完美"的产品。

三佳集团的钱江早已等不及了，他告诉刘文清，企业已经做好了批量生产的所有准备，只等着安徽光机所这边交图纸、交技术了。

刘文清这时再次召开了团队会议，他明确提出了自己的想法：以技术入股，与三佳集团公司共同发起成立新的公司，专业生产环境光学监测设备。

对此，有人表示怀疑，有人表示犹豫，但更多的人表示支持。

"这是我们必须走的路。技术是我们的资本，生产是企业的优势，研究室与企业各取所长，利益共享，风险共担。这样做一来能解决一次性卖技术的弊端，二来也能通过合作，增强团队的主体意识，通过产业化来反推我们的技术研发。"刘文清显然已经进行了长时间的考虑，他甚至在此之前，已将与三佳电子合作成立股份公司的事，向所领导做了

汇报。所领导全力支持,而且,此事还得到了中国科学院领导的肯定。

2003年,由三佳电子集团公司和中国科学院安徽光机所环境光学监测研究室共同发起,以刘文清团队以技术占股权12%的方式,成立了铜陵蓝盾光电子有限公司。该公司注册资金3 800万元,主要承担环境光学监测项目的产业化运作,重点是利用安徽光机所环境光学监测研究室提供的技术和研制的空气质量监测设备,组建空气质量自动监测子站。当年,蓝盾公司即在广西桂林、北海两地建起了空气质量自动监测子站,而且经中国环境监测总站考核验收后,运行效果良好,监测数据充分。随后,经安徽省环保局采购,黄山等10个城市也安装了该系统。在江苏省政府采购公开招标中,蓝盾光电子凭借先进的技术实力、完善的设备和销售服务能力,在与国外厂家竞争中胜出。当年,空气质量自动监测子站系统就销售了35套,完成营销收入1 400万元。

到目前为止,这套空气监测系统经过不断改善,已成为国内环境监测子站主要应用设备。全国近2 000个城市级子站采用了该产品。国内环境监测子站产品国产化率由21世纪之初的0上升到90%,真正实现了环境光学监测技术及设备的中国研发、中国制造、中国使用、中国分析。

"环境光学无论对军对民都十分有用!"这是时任中国科学院院长的路甬祥在安徽光机所一份上报材料中的批示。刘文清团队吃了第一只"螃蟹",而且味道很好。他们吃出了中国环境光学监测的未来。事实证明,刘文清团队的环境光学监测设备产业化,对中国环境保护作用

巨大，它使中国环境监测基本实现了国产化、民族化。同时，它还为国防工业等提供了有力的支持。团队研发的机动车尾气监测系统移动式遥测设备，经过不断运行、修正，利用光谱吸收技术，对温度、速度等特定环境下尾气进行检测，其性能有了飞跃式提升。2005年，这个项目获得了安徽省科学技术一等奖。环境光学监测设备同时被应用到军事工业，包括航天、风洞、海洋潜测等，形成了以民用为主，军用、科考一体化的应用格局。

2005年对于科学岛上中国科学院安徽光机所环境光学监测研究室刘文清团队来说，是关键的且具有转折意义的一年。此前，中国科学院多次组织相关院士和专家，组成"先进环保技术领域专家组"，对环境光学监测技术研究和设备研发进行调研，向国家提供了《先进环保技术咨询报告》，肯定和明确了环境监测科学的发展方向，即以光学/光谱学环境监测为重点。这给了刘文清团队巨大的鼓舞！而在稍后，即2005年的春天，中国科学院环境光学与技术重点实验室在科学岛上成立，它以原安徽光机所的环境光学监测研究室为主要班底。在该实验室成立的基础上，国家环境保护环境光学监测技术重点实验室及国家环境光学监测仪器工程技术研究中心先后建成。这两个机构的成立，标志着中国环境光学监测技术与工程研究正式步入了正常化轨道，且环境光学监测技术与工程研究在国家层面被赋予了在国民经济与社会发展中的战略地位。

刘文清的环境光学监测研发团队，规模也越来越大了。团队建立之初的主要成员刘建国、陆亦怀、谢品华等，此时都已经有各自负责的研发领域，他们的科研成果不断出现，先后获得省部级科技奖励，他们也在国际学术期刊上发表了大量的环境光学监测研究论文。中国环境光学监测科学正从起步迈向快跑阶段，正夜以继日地追赶着世界先进技术。

在进行空气监测光谱技术研发的同时，对一些特殊气体，包括特殊场景污染物的检测，被提上了刘文清团队的研发日程。这缘于刘文清、刘建国他们的一次淮南煤矿之行。

淮南煤矿是国家大型煤矿，承担着南煤北运和国家经济发展用煤的重任。2006年前后，淮南煤矿的年开采量达到600万吨。如此大型的国有煤矿，开采规模大，工作面延伸范围广，煤层沉积和黏着物丰富。矿上领导告诉刘文清一行，毒瓦斯等有毒气体对生产和矿工安全，造成了重大威胁。现在已有的瓦斯检测设备，技术相对落后，已难以适应煤矿发展需要。刘文清听着，思路一下子被拓展开了。研发环境光学监测技术，目的就是服务于生产、生活，煤矿毒瓦斯即有害瓦斯气体监测，当然也在研发之列。民有所需，就是方向。回到科学岛后，实验室很快向上申报了一项国家自然科学基金项目：矿井底下有害瓦斯监测技术研究与开发。

瓦斯的主要成分为甲烷，由古代植物在堆积成煤的初

2015年,刘文清与国内同行去比利时参加学术会议

期,纤维素和有机质经厌氧菌的作用分解而成。在高温、高压的环境中,煤炭形成的同时,固定碳增加,由于物理与化学作用,从而生成大量瓦斯。瓦斯本身是无色、无味的气体,但由于芳香族的碳氢气同瓦斯同时涌出,便可产生类似苹果的香味。瓦斯在矿井下达到一定浓度时,会使人因缺氧而窒息,并可引发燃烧或者爆炸。毒瓦斯监测,即监测矿井底下空气中有害甲烷的体积浓度,在此基础上报警并进行有害瓦斯气体治理,避免出现煤矿安全事故。

在等待国家自然科学基金项目审批的过程中,刘文清和团队伙伴们已经着手开始课题的准备工作。当时国内在煤矿瓦斯监测中,主要应用电子监测报警仪。而运用光学设备进行有害瓦斯监测,在国内尚是首次。这是刘文清团队继吃下以技术入股的第一只"螃蟹"之后,开始吃的第二只"螃蟹"。

"大家有信心吗?"刘文清问。

这回很多人沉默了。

大家沉默不代表没有信心,而是觉得这个课题研究难度大,以往研究团队研究的监测对象,主要是地面物体,或者是地球表层空气。煤矿矿井深藏地下,结构、环境和场地都和地面之上有极大不同,矿井下有害瓦斯气体产生、黏着和流动规律,对于团队来说,也是完全陌生的领域。因此,查阅大量资料、掌握国际前沿研究动态、分析矿井底下有害瓦斯形成机理及有害瓦斯成分分析,是必须做的功课。刘文清自己带

头,啃起了书本。在大家心里稍稍有了底气之时,恰好国家自然科学基金项目审批下来了。进了国家自然科学基金的"笼子",这只深藏于地下的"螃蟹",他们不吃也得吃了。

团队所有成员都下煤矿,他们的选择主要集中在淮南和淮北两座国有大型煤矿。团队中绝大部分成员都是第一次下井。当他们乘坐猴车沿着矿道下井时,既新奇又有些害怕。气温明显越来越低,周围也越来越静,静得能听见猴车里彼此的呼吸声。有人轻声问:"下到多深了?"

矿上的人回答:"1 000多米吧。"

搞科学的人很快就在脑子里想象出了1 000多米深是个什么概念。刘文清笑着说:"我们打一束激光,那光柱的高度如果向下垂直,就是矿井的深度。"

光学甲烷检测仪

团队在矿井下测量,分析,试验。渐渐地,他们习惯了矿井下的氛围。这离地面1 000多米的地方,活跃着他们的身影,闪耀着他们思考的光芒,凝聚和流淌着他们为项目孜孜以求的智慧与汗水。

从矿上回到科学岛后,刘文清团队用了将近一年时间,研发出了光学甲烷检测仪。

光学甲烷检测仪是利用激光干涉原理,测定甲烷和二氧化碳等气体浓度的便携式检测仪器。该仪器操作简单、安全可靠,具有较高的检测精度。测量瓦斯浓度在 0～10% 时,精度达到 0.01%;瓦斯浓度在 1%～100% 时,精度在 0.1%。整个仪器由光路、电路、气路三大系统组成,其工作原理:由光源发出的激光,经聚光镜到达分束镜,并经其反射和折射形成两束光,分别通过空气室和甲烷室,再经折光棱镜折射到反射棱镜,最后由望远镜系统接收。由于有光程差,在物镜的焦平面上将产生干涉条纹。由于光的折射率与空气介质的密度有直接关系,如果以空气室和甲烷室都充入新鲜空气产生的条纹为基准(对零),那么,当含有甲烷的空气冲入甲烷室时,由于空气室中的新鲜空气与甲烷室中含有甲烷的空气的密度不同,它们的折射率不同,因而光程也就不同,于是干涉条纹产生位移,从目镜中可以看到干涉条纹移动的距离。由于干涉条纹的位移大小与瓦斯浓度的高低成正比关系,因此,根据干涉条纹的移动距离就可以测得甲烷的浓度。

2007 年年底,安徽光机所环境光学监测技术重点实验室研制的甲烷检测仪交付部分煤矿试用,效果出人意料的好。煤矿普遍反映:好用,简便,精度高。2008 年年初,项目通过了国家自然科学基金项目组的验收。2010 年,项目与一企业合作进入产业化生产阶段,十余年后,光学甲烷检测仪等环境光学有害瓦斯监测系统,已在全国一半以上的矿山使用。刘文清后来在总结这一项目时说,"这次吃'螃蟹',成功的

最大原因是立足产业发展需要。"刘建国对此深表感慨,他说:"作为科研人员,为企业提供切实可行的一揽子解决方案,就必须深入企业第一线,真正做到了解、熟知企业的实际需要。"

而这次吃"螃蟹",团队还吃出了另外一系列的创新成果。他们承担的中国科学院知识创新工程重要方向项目"红外激光光谱新方法及其痕量气体在线监测研究"中子项目课题"天然气站场甲烷和硫化氢气体连续监测与报警系统"也顺利地通过了安徽省科技厅科技成果鉴定。该系统主要采用可调谐二极管激光吸收光谱技术、微弱信号探测技术和计算机智能检测技术,对天然气站场生产传输环节中的甲烷和硫化氢气体浓度进行高灵敏快速连续监测,实现气体泄漏的早期预警,具有高灵敏度、高选择性、实时多组分监测、高自动化程度的优点,在核心技术方面有重要创新,具有自主知识产权,达到国际先进水平,对遏制重大事故发生、减少事故损失、调整产业结构和气体安全监测设备国产化具有重大意义。

# 07

## 第七章　扬名"北京奥运会"

"要不断回顾，不断总结。只有不断回顾，不断总结，才能突破思维瓶颈，获得创新动力。"刘文清经常将这些话挂在嘴边，在环境光学监测技术重点实验室2007年年底的年终总结会上，时任安徽光机所所长的刘文清，给大家带来的不是连篇累牍的报告，而是一幅幅图板——从安徽光机所环境光学监测研究室成立以来，团队在环境光学监测领域所承担的工作，所取得的成果，所存在的不足，都用最直观的方式，得以表现。而在图板上，那些红色箭头所指的一个个数字，既让曾经为之奋斗的科研人员兴奋、难忘，也同时带着他们，重温了环境光学监测技术起步的艰辛，重温了一次次"吃螃蟹"的勇毅，重温了在一个个项目成功并且被产业化时的激动，重温了国产技术与产品渐渐成为

中国环境监测科学方向和主要应用的自豪……

刘文清指着图板,让大家看一条线,那就是近十年来,环境光学监测研究团队开展技术研究与产品研发一直沿着的一个主方向——空气(大气)自动监测系统研发与建设。从2000年开始,国家从经济建设和生态战略出发,参考《京都议定书》相关内容,提升全国环境保护与监测能力,特别是对空气(大气)质量监测,成了重中之重,要求坚持开展城市空气质量日报工作,推动城市空气自动监测子站建设。这个举措,有力地促进了空气自动监测系统研究和设备的国产化。2002年,安徽光机所刘文清团队通过激烈竞争承担了国家"863"计划"城市空气质量自动监测系统关键技术及集成设备研制"课题,2003年,他们又承担了"基于激光技术的大气污染光学监测技术与产业化"课题。这两个课题的研究与研发,使原有的空气监测子站监测系统得到进一步优化,原来的电路设计、软件设计和仪器结构得到改进,从技术上保证了研发出的产品既符合国家规范,也达到国际水平。从2004年开始,刘文清团队又承担了"城市大气污染时空分布光学监测技术系统与示范"课题,至此,环境光学监测理论体系基本形成。同时,产业化布局实现了以点带面。由安徽光机所国家环境保护环境光学监测技术重点实验室研发的系列空气监测系统,在全国17个省市得到了安装应用。整个系统涉及各种仪器设备近80台。国产化装备率超过了90%。当时,国外一套进口设备售价人民币六七十万元,而长光程设备则需八九十万元。安徽

光机所环境光学监测团队凭借光、电、机、自动控制及光谱分析方面的优势,研发的设备与国外的功能相当,价格却仅为国外同类产品的50%～60%,仅此一项,就为国家节省外汇数亿元以上。

在这些科研项目当中,刘文清最看重的是"城市大气污染时空分布光学监测技术系统与示范"课题。这是一个集成式课题,是综合以前研究的主要成果,根据大气污染分布时空特征而进行的监测范围更宽、速度更快、成本更低、动态监测效果更为明显的大工程。团队前后历时3年,完成了长光程开放光路傅里叶变换红外光谱实验系统集成、被动扫描差分吸收光谱实验系统集成、多次反射吸收池光路的可调谐半导体激光吸收光谱系统及长光程差分吸收光谱系统的优化改进工作。在优化、集成的基础上,建立城市大气污染时空分布监测技术平台,探讨区域大气污染防护治理需要采用的监测技术路线,并进一步解决产业化过程中的关键技术。当初,团队开始这个课题研究时,大家还没意识到仅仅一两年后,该课题就使安徽光机所环境光学监测技术重点实验室团队名扬海内外。

让他们名扬海内外的原因只有一个:为举世瞩目的2008年北京奥运会大气环境监测保驾护航。

而能让他们有能力、有信心保驾护航的,是他们在"十五"和"十一五"初期辛苦奋斗而建立起来的城市大气污染时空分布监测技术平台。

2001年7月13日晚22时08分,莫斯科,国际奥委会112次全委会,

时任国际奥委会主席萨马兰奇先生宣布：北京成为2008年第29届奥运会举办城市。一时间，举国欢腾，奥运会终于来到了中国北京。中国用自己的实力与承诺，迎来了"更快、更高、更强"的奥运火炬。

申奥刚刚成功，国际奥委会环保专家组就多次来到中国北京，对北京关于环境保护的措施与承诺进行跟踪督查，其中最让专家组关注的就是北京的空气质量，特别是奥运会期间的大气环境。当时，我国政府对此做出了庄严承诺："2008年奥运会期间，北京将会有良好的空气质量，达到国家标准和世界卫生组织指导值。同时，北京市政府将继续致力于提高全年空气质量。"

为了兑现承诺，保证奥运会期间乃至北京全年的空气质量良好，2007年6月，北京市政府通过汽车单双尾号限行方式，进行了4天的评测，以确定交通和空气质量的改观情况。同时，中国科学院也正式组织中国科学院大气所、安徽光机所环境光学监测技术重点实验室等，先后召开了5次会议，成立了中国科学院奥运大气环境监测研究项目组。路甬祥院长对此做出指示："这项工作做好了，不但对奥运会有政治意义，而且为建立我国区域大气质量监测提供先导与示范，有科学意义和公共环保意义。"

安徽光机所在所长刘文清的亲自指导下，集中了全所最精干的力量，拿出了最优良的设备，很快在"鸟巢"附近建起了一个大型空气测试站，通过对周边机动车和工业园区测试并动态调整，证实北京PM2.5和

颗粒物检测基本达标。2008年3月，刘文清团队正式进入北京，开始筹备，一直奋战到奥运会和残奥会圆满成功后的2008年12月。大半年的时间内，刘文清团队同兄弟院所一道，用自己扎实的工作和过硬的环境光学监测技术，为北京奥运会添彩。

北京是全国的政治、经济、文化中心，社会发展水平高于全国平均水平，在2008年奥运会之前，北京已具有覆盖全市的常规空气质量自动监测系统，在监测的质量控制和质量保证方面也建立了一套相对完整的体系，能较好地反映北京市大气环境的实际情况。然而，作为世界级快速发展的大都市，北京市的颗粒物来源及变化规律复杂，汽车尾气、工程施工扬尘等都会产生颗粒物。同时，由于地形和自然环境所形成的污染物在区域间传输和汇聚，因而北京的大气环境成因和形成过程十分复杂。为检验和预测北京奥运会空气质量保障方案的有效性，并为奥运会期间北京地区空气质量提出建设性意见和具体建议，安徽光机所和中国科学院大气所等科研单位，利用国产自主创新的环境监测技术装备进行系统综合集成，建立基于环境光学监测技术的北京奥运会重点污染源和输送通道立体综合监测系统，实现对北京及其周边地区空气质量的全方位监控，大量及时准确的污染物立体监测数据为监测污染源控制效果、区域污染物输送状况提供支持，为奥运会期间周边及重点污染源区对场馆地区的环境影响进行监测评估，并为奥运会空气污染预报和空气质量保障提供重要的技术支持。

2008年奥运会前,刘文清给时任中国科学院院长路甬祥做现场工作汇报

刘文清坚持亲临一线,带队走航。他们使用了大量的自主创新设备,刘文清笑说:"我们把家底儿都拿出来了。"这些家底儿包括主动/被动/多轴差分吸收光谱系统、开放光路/怀特池傅里叶变换红外光谱系统、激光雷达等,他们在北京东南和西南两个主要污染源集中区域,监测污染物输送通道、颗粒物、二氧化硫和二氧化氮等的输送通量影响,又在燕山石化、首钢、首都机场等地,监测主要污染源特征污染物挥发性有机物、二氧化氮、二氧化硫、颗粒物等的排放通量;在北京四环、五环区域监测主要污染物排放通量,实现对北京奥运会期间主要污染源和污染物输送通量的自动立体监测,其监测结果在数据集成和使用应用平台进行融合处理,获得减排效果和环境影响分析,并支持模型的中短期空气质量预报和预警工作。

一天天地监测,一天天地走航,一个个的数据,一条条的建议,还有不断进行的预报预警……那一段时间,北京市民常常看见刘文清团队的监测车在城市各地忙碌。他们都知道,那些忙碌的身影,是在为北京的蓝天绿水做贡献,是在为北京的奥运会做保障,是在为中国争面子,是在为中国的环境监测技术和研究争金牌!

刘文清团队当时借住在中国科学院遥感所,为了强化监测研究的合作精神,他们改变了很多在科学岛上的习惯,特别是在数据交流与融合上,他们与遥感所、大气所等兄弟院所精诚团结,共同切磋。他们向国际社会提供了奥运会和残奥会期间北京主要污染物排放监测的结

果,宣布中国政府承诺达标的4种主要污染物——二氧化硫、二氧化氮、一氧化碳和PM10中,所有时段、所有监测站点的二氧化硫、二氧化氮和一氧化碳浓度都达到了国家标准和世界卫生组织的指导值。PM10是北京的主要污染物,虽然在不易扩散的天气条件下容易积累,但经过采取有效措施,其浓度亦达到了国家标准,甚至包括并未列入我国政府承诺目标内的作为光化学烟雾的指示污染物臭氧,其浓度也达到了国家标准。2008年第29届奥运会和残奥会,中国实现了中国政府在环境保护和大气监测上的郑重承诺。

当奥运赛场一次次升起五星红旗,当中华人民共和国国歌一次次响起,为奥运做保障的环境光学监测团队的科学家们,也禁不住热泪盈眶。这是奥运精神的胜利,是中国自主创新的胜利,也是团队在环境光学监测领域不断奋进、不断前行获得的胜利!

2008年9月29日,党中央、国务院隆重召开北京奥运会、残奥会总结表彰大会。安徽光机所自动奥运大气环境监测和预警项目组获得"科技奥运先进集体"荣誉称号,刘文清等多位科学家被授予"北京奥运会、残奥会先进个人"和"科技奥运先进个人"荣誉称号。经此一役,安徽光机所环境光学监测技术重点实验室在环境监测领域名声大振,也令国际同行刮目相看。刘文清也笑了,十年前,当他选择自主创新时,曾希望自己在十年后能达到一个新高度。现在,他达到了,他给自己的奖励是在咖啡里多加了一块伴侣。

2008年北京奥运会期间刘文清接受国外记者采访

第八章　圆梦傅里叶

21世纪是个梦想的世纪,每个人都有梦。每个人的梦叠加起来,就成了国家的梦、民族的梦。刘文清也是个有梦想的人,从当年站在中国科大门口开始,他的梦想便与科研连在了一起。他在科学岛上,一步步地实现着自己的环境光学监测的梦想,跟他一起做梦、一起实现梦想的研究团队,也在不断地发展壮大,从当初的不到10人,到了2005年前后,已经增加到了上百人。团队中的一大批年轻的硕士、博士研究生,为团队注入了活力。"年轻人好学、肯干,脑筋灵活,实验室因为有了他们,日子总像开了花一样。"刘文清如此赞美着,他心里也真的如此想。科学研究就像一场跑不完的马拉松,需要一代接一代人的努力,才能跑到终点。所里每进来一个年轻人,团队就增加了一个

新梦想。梦想越积越多,实现梦想的豪情与奋斗的劲头也越来越足。

从安徽光机所环境光学监测研究室主任到国家环境保护环境光学监测技术重点实验室主任,再到安徽光机所所长,刘文清身上的担子越来越重了。梦想却并不因为工作越来越繁重而稍被懈怠,他依然在坚持,紧盯着国际环境光学监测技术前沿,紧盯着中国环境光学监测技术需要,紧盯着经济发展与人民所求。在差分吸收光谱技术逐渐成熟、差分吸收光谱设备也基本国产化的同时,他要求全所上下,特别是青年人,将目光聚集到红外光谱技术研发上来。

红外光谱技术主要研究分子中以化学键连接的原子之间的振动光谱和分子的转动光谱。红外光谱与分子结构密切相关,是表征分子结构的一种有效手段。红外光谱分析的基本设备是红外光谱仪,其利用物质对不同波长的红外辐射的吸收特征进行分子结构和化学组成分析。根据光学调制分光原理的不同,红外光谱仪可分为空间调制和时间调制两种类型。通常认为空间调制设备有滤光片、光栅、棱镜等;时间调制则通过光学干涉原理,通过傅里叶变换,将红外干涉图转换为红外光谱。红外光谱仪从20世纪60年代出现以来,已有了三次换代,由最初的棱镜色散型红外光谱仪发展到光栅色散型红外光谱仪,再发展为现在的干涉型红外光谱仪。干涉型红外光谱技术又称为傅里叶变换红外光谱技术,是近年来兴起的一种综合性环境光学探测技术,用最简单、通俗的话来表述就是,"将未知化合物的红外光谱与标准库的红外

光谱进行比对,就可以迅速判定未知物的成分含量。"

我们生活的地球,被大气环绕。而大气中除大量的氧气和氮气外,还包含微量、痕量气体,这些气体在2～30微米波段范围内具有吸收和发射红外特征光谱的能力。这个波段被称为中红外区或指纹区,对于光谱测量非常有利。傅里叶变换红外光谱技术,即对此波段进行监测。到20世纪初,环境监测技术领先的国家利用傅里叶红外光谱技术,对大气环境和大气污染进行观测研究,尤其是对污染源排放气体进行实时监测,对区域性温室气体和反应性痕量气体的本底、分布廓线、时空变化进行观测研究。中国在区域大气环境监测子站的建设中,也部分应用了傅里叶红外光谱技术。它能在极短的扫描时间内得到高质量的光谱,大通光量保证高灵敏度,具有很高的波数准确度、很宽的光谱范围、较高且恒定的光谱分辨能力。相对于传统的大气测量技术,傅里叶红外光谱技术优点很多,比如可探测多原子分子,可快速分析多组分混合物,实时远距离监测气体扩散,采样范围大,无须样品制备和处理,测量过程不会污染探测器,操作简单,维护方便等。但中国所使用的傅里叶红外设备均是从国外进口,每台价格都在人民币300万元以上。

2005年年初,安徽光机所承接了一项重要的国防科研项目,刘文清一咬牙,从有限的项目经费中拿出一部分,又从所里日常科研经费中挤出一部分,硬是凑了300万元购买了一台加拿大产的傅里叶红外光谱

仪。仪器到了岛上，打开包装，全所却没有人能够安装。随同仪器到来的还有加拿大工程师，看到岛上的人束手无策，这位外籍工程师露出了神气十足的微笑。这笑，和这花了"巨资"购买来的仪器，深深地刺痛了刘文清的心。他坐在实验室里，沉默了半天。终于，他按捺不住了，他将刘建国、徐亮等喊到实验室，给了他们一个硬任务：攻克红外光谱技术算法研究，着手红外傅里叶光谱仪器国产化研发。

年轻的徐亮问："我们不是刚进口了设备？现在就要……"

"我们一边利用国外设备做项目，一边正式开始红外傅里叶项目研究。这两者不矛盾。边做边学，边学边研究，边研究边出成果。我们必须攻下这个堡垒，否则，我们的环境光学监测设备产业化，就少了半边天。"刘文清让刘建国和徐亮好好谋划，拿出切实可行的研究方案，要"越快越好，越早越好！红外傅里叶，就是我们的一个梦想，这梦我们一定要圆！"

为了圆梦，刘文清和刘建国、谢品华牵头指导，徐亮等一批年轻学者承担主要工作。他们从算法入手，陆亦怀将这些年在监测设备算法研究上的心得都一股脑儿地教给了他们，嘱咐他们从最基础的地方算起。很快，科学岛的安徽光机所国家环境保护环境光学监测技术重点实验室里，便呈现出了令人难以想象的局面：大家一边用着进口的红外傅里叶设备，抓紧国防项目的研究；另一边，又在时不我待地抓紧算法攻关。不到两年的时间，徐亮等人就开发出了基于非线性最小二乘拟

合的红外光谱定量分析方法,并建立起了包含有393种组分的标准吸收数据库。这项成果,当时在国际红外光谱算法中也极具先进性,很快就被一些国外知名光谱仪器厂看中,他们开始为这些厂家提供多组分气体浓度定量分析软件模块,并在国内环境监测领域推广应用。仅此一项算法成果,就为安徽光机所带来了良好的社会效益和经济效益。

刘文清打心眼里喜欢徐亮这些年轻人的科学精神,短短一年的时间,就将红外光谱技术算法这块"硬骨头"啃了下来,这是件不容易的事。有了算法,就等于掌握了红外光谱傅里叶技术的整个软件系统,但红外光谱仪器是一种光谱仪器,因此要有硬件支撑。红外傅里叶光谱仪硬件的制造技术之精密、先进,技术含量之高,对当时国内光学精密仪器制造来说都是一座难攀登的高峰。它涉及红外光学系统、光学器械、电子元件等,具体组件又有干涉仪、光源、探测器、计算机控制软件等。仅干涉仪就包含动镜、定镜和分束器。相较于差分吸收光谱系统,红外傅里叶的硬件要求更高、研发难度更大。但随着中国工业化进程的加快,国际社会对中国双碳呼声不断增强,中国自己研发红外傅里叶设备,已迫在眉睫。于是,刘文清再次召集刘建国、陆亦怀和徐亮,问他们有没有信心成功研发出红外傅里叶设备。

"有!"徐亮痛快地回答。

"好。有你这响亮的回答,我觉得圆梦的时间不会太长了。行动吧!"刘文清一挥手,他仿佛看见千军万马,正奔腾着走上了环境光学监

测设备产业化的研发之路。在这条路上，正激荡着科技之梦与家国情怀。

2007年，"863"计划"大气多组分污染物及其时空分布连续自动监测技术与设备"项目落户安徽光机所。依靠项目支持，徐亮等人通过自主研制摆扫式傅里叶变换干涉仪系统，相继集成开发了抽取式傅里叶变换红外光谱监测系统、开放光路式傅里叶变换红外光谱监测系统和大气污染多组分排放通量太阳掩星法傅里叶变换红外光谱（SOF-FTIR）快速遥测系统。其中，摆扫式傅里叶红外干涉仪系统打破了国际技术垄断，提升了我国分析仪器在行业中的自主开发水平。

而在傅里叶红外光谱仪研发的过程中，有一个小故事，至今还被科学岛上的人们津津乐道。

当初，随加拿大设备来中国负责维护运营的工程师，一开始总是故作神秘，维修、检修时，不愿意带所里人员一起。但是，他渐渐发现，安徽光机所里很多科研人员喜欢有事没事地与他搭话，问这问那，问的既有加拿大的风光，也有加拿大的冰酒，但冷

摆扫式傅里叶红外干涉仪（叉骨）

不丁地,他们会问上一两个有关红外光谱仪的知识。他起初还真的有些戒备心,可慢慢地,他看到这些科研人员期待的眼神,同时他也观察到,安徽光机所也正在研制红外傅里叶设备。因此,他也就有意无意地回答他们,特别是2008年奥运会后,安徽光机所环境光学监测团队一举成名,他和这个团队已经不仅是合作关系,而且心里对团队成员多了一分尊敬,一分情感。之后,当他从遥远的加拿大来到科学岛对设备进行维修、检修时,他都不再避着所里的科研人员,而是邀请他们一道学习。

这台用300多万元从加拿大进口的红外光谱仪,用到第四个年头的时候,有一天,他对跟着他检修仪器的徐亮说:"也许,这是我最后一次来给这台仪器检修了。"

他的语气里,有感慨,有遗憾,也有作为同行的赞许。

徐亮心知肚明,说:"不管怎样,科学岛欢迎您。"

其实此时,由刘文清挂帅、刘建国等牵头、徐亮等科技人员开发的国产红外光谱设备,已经研发成功。他们圆满完成了国家"863"计划项目,也为中国环境光学监测仪器大家族增添了一件重器。国产红外光谱仪的价格比国外进口的价格低了40%,且维修运营方便、快捷。很快,安徽光机所便与企业合作,将国产红外光谱仪推向市场,全面应用于全国城市大气环境监测子站。中国科学院和国家有关部门,高度肯定了红外光谱技术研发的重大突破,项目相关成果获得2011年国家科

国家科学技术进步奖证书

环境保护科学技术奖证书

学技术进步奖二等奖,刘文清因为该项目获得了国家环境保护科学技术奖一等奖。

刘文清曾说:"科学需要的就是永不知足,永不停留。"安徽光机所环境光学监测技术研发团队的口号是"永远在路上"。2010年,团队在中国科学院知识创新工程重要方向性项目协作课题的支持下,开发了危险化学品泄漏现场扫描成像红外遥测系统。2011年,团队又在"十二五"科技支撑项目"村镇环境监测与景观建设关键技术研究"的支持下,研制开发了便携式傅里叶红外多组分气体分析仪。2013年,团队作为第一技术支撑单位,获得国家重大科学仪器设备开发专项"高性能傅里叶红外光谱仪分析仪器开发和应用"项目资助。刘文清团队所研发的红外光谱仪器分辨率可达到0.125cm$^{-1}$,信噪比显著超过了国外同类仪器水平。该项目的研制成功,标志着我国国产光谱仪器性能达

到了国际先进水平。在该光谱仪研制的基础上，科研团队还开发了四种典型应用：在碳排放监测应用领域中，实现了对大气中二氧化碳、甲烷和一氧化二氮等关键温室气体的高灵敏在线监测；在污染源排放监测应用中，实现了超低排放的十余种高温烟气连续自动在线监测；在中药生产过程分析应用中，实现了银杏总黄酮和银杏总内酯及水分含量的快速评价；在药品快速检验应用中，实现了典型药片、胶囊等药品的真伪识别。

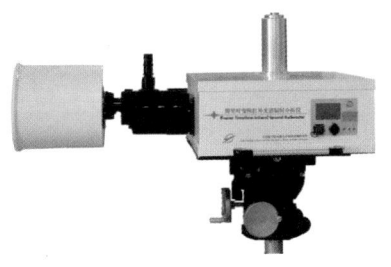

傅里叶红外光谱仪

"以国家和社会发展需求为牵引，以解决国家需求和社会可持续发展中的大气光学与环境光学中的关键科学技术问题为主要任务，面向世界科学前沿要求、面向国家环境安全战略需求、面向世界环境科学前沿，这就是我们的发展战略。"刘文清如是说。

跟在别人后面，学习、摸索，刘文清团队一直在环境光学监测科学的路上奔跑。可喜的是，他们由跟跑，渐渐地达到国际先进水平，开始与之并跑。这从"跟跑"到"并跑"的过程，团队整整用了十五年。而这十五年，也正是刘文清作为一个科学家，最年富力强的十五年。他圆了傅里叶红外光谱仪研发的梦，而他自己，也获得了人生中最耀眼和最辉煌的成就。

## 第九章　美丽的激光光柱

　　每到夜晚，科学岛总会引来合肥人的瞩目——他们喜欢那从科学岛上发射出来的光柱。红色的、绿色的、橙色的……各色光柱，直射苍穹。夜空会因之变得生动，光柱甚至与星星、月亮擦身而过，共同交织成了夜空中最美丽的风景。这光柱可不是一般的光柱，它是从科学岛上的实验室里所发射出来的激光光柱。在发射光柱的实验室里，科研人员正追随着光柱，进行着各种探寻真相与揭示奥秘的科学实验。

　　"我有时也会仰望天空中的激光光柱，甚至会沉迷。"刘文清骨子里有一种说不出来的浪漫，这也许与他曾经在海外待过多年有关，也或许与他成长在蚌埠这样一个浪漫的城市有关。他说那激光光柱会让他遐想。而遐想，或者

说具有丰富的想象力,也正是一个创新者所必须具备的基本且重要的素质之一。

有时,他会与团队中主要从事激光雷达技术研发的张天舒说:"昨晚那束光特别漂亮。"张天舒将此理解为刘文清对自己的关注与赞赏。确实,科学需要理性,但也需要赞赏。刘文清正是一个懂得赞赏别人的人——无论是对同事,还是对学生,他的严肃之中,总是不乏及时而适度的赞赏。这赞赏是动力,是激情,是荡漾在团队中的活泼与友爱,同时也是团队在高强度的科学研究之余的调节剂、开心果和巧克力,它跟科学岛上著名的"刘文清咖啡"一样,沁人心脾。

刘文清对激光光柱是有情感的,也是有责任的。从中国科大毕业后到岛上上班开始,他就接触到了当时还颇为神秘的激光。后来,到希腊读博士,他的研究课题虽然是医学,但也是通过激光的手段进行诊断与治疗。再后来,他踏入了环境光学监测领域,开拓了中国环境光学监测科学,激光作为一种最为纯正的光,具有高亮度、高方向性、高单色性和高相干性,自然会成为他重点研究与探索的对象。而且,早在他在日本千叶大学做研究时,日本就已经利用激光进行大气环境监测了。那时,刘文清就暗下决心:一定要让中国的激光,为大气环境监测服务。从2007年开始,他便让团队中两年前刚刚在所里获得博士学位的张天舒等科研人员,专门从事激光雷达,尤其是偏振激光雷达应用于环境监测的研究与设备研发。

激光雷达在中国科学院安徽光机所,并不新奇,所里已经有近五十年的研制历史。其中安徽光机所大气光学中心早在1990年就开始从事大气探测激光雷达的研制与应用研究了。20年来,大气光学中心在激光雷达的研发过程中,承担和完成了一系列国家科研任务,取得了20多项发明专利:2000年开始研制微脉冲激光雷达(MPL),于2001年研制成功我国第一台微脉冲激光雷达,并投入大气气溶胶的连续观测;2003年研制成功第一台偏振微脉冲激光雷达(MPL-P),可区分球形和非球形颗粒物及其时空分布,是探测烟尘、沙尘及冰晶云的有效工具;2005年研制成功第一台扫描式微脉冲激光雷达(MPL-S),可以进行水平方向大范围自动扫描,用于观测城市上空水平方向的大气气溶胶的分布状况和时间演变;2006年完成了同轴透射式微脉冲激光雷达研制,使微脉冲激光雷达的性能(抗恶劣环境能力、长期连续工作的稳定性等)有了大幅度的提升,达到商品化程度;2008年实现了红外微脉冲激光雷达系统测量,并于2009年完成了双波长微脉冲激光雷达的试验,现可提供双波长微脉冲激光雷达(MPL-TD)产品。

大气光学中心的激光雷达研发,为环境光学监测提供了部分技术支撑。但环境光学监测需要量大面广的使用,且可实现雾、霾区分的多波长偏振激光雷达,却长期一直受制于国外。国内没有一台环境监测多波长偏振激光雷达,这一块可以说是一片空白。面对一张白纸,张天舒他们不知道从哪里下手。刘文清鼓励他们:"大胆地画,画出来总比

白纸好!"

安徽光机所为了环境监测多波长偏振激光雷达研制,不惜花费重金,从国外购进了拉曼雷达和臭氧雷达各一台。就像徐亮那一群年轻人跟着加拿大工程师后面学习一样,张天舒他们也从头学起。经过三年的攻关,团队解决了环境监测偏振激光雷达的算法问题,到了2010年5月,团队主导算法的偏振激光监测技术雷达第一次在上海世博会环境监测外场中使用,且取得了良好的成效。

上海世博会即世界第41届博览会,全称为中国2010世界博览会,是在中国举办的首届注册类世界博览会。博览会的主题是"城市,让生活更美好"。

为了保证上海世博会期间,上海能有一个真正美好的环境,有蓝天、绿水、清洁的空气,安徽光机所刘文清团队继奥运会、残奥会后再次出征。这次,他们携带了一整套的大气环境立体监测系统,而且全是国产设备,这里面就包括激光雷达、多轴差分吸收光谱系统、车载被动差分吸收光谱系统、大气污染多组分排放通量SOF-FTIR车载遥测系统和风廓线雷达设备等。围绕当时上海主要污染源(高桥石化、吴泾工业区、闵行电厂等)排放,以及区域污染分布和输送的问题,在上海市的东北、西北和西南输送通道上部署了三个监测点及两台移动监测车,并在上海东南方向建

立了一个背景观测点(南汇)。通过这些站点,定量监测主要污染源的挥发性污染物排放通量,以及上海和其周边(东北、西北和西南输送通道)的污染物输送和分布情况。

上海世博会的环境监测,已经基本呈现了大气环境监测的地基立体监测模型,并且开始向空基监测过渡——既有多轴差分吸收光谱系统对于空气的长光程监测,又有车载被动差分吸收光谱系统的近层空气监测,同时还有多套激光雷达对于对流层空气的监测。可以说,上海世博会的环境光学监测,是当时国内一流的环境光学监测。刘文清团队的环境光学监测技术从理论上看,已经突破了算法的瓶颈,建立了有中国特色的环境光学监测理论体系;从设备上看,当时除部分产品外,差分吸收光谱仪、傅里叶红外光谱仪、车载遥测光谱系统等已经成熟,并且进入了产业化生产与制备阶段。这其实就是一次对环境光学监测技术的大检验,更是对环境光学监测设备国产化的一次检阅。

刘文清不断深入各个监测点,有时,他会跟随监测车,适时掌握数据,及时分析。在团队的共同努力下,大量的污染物立体监测数据为监测调查主要污染源排放、评估污染源控制效果、分析区域污染输送状况提供了支持,对主要污染源对展区的环境影响进行监测和预测,为制定世博会期间科学有效的环境质量保障方案提供了技术支持。

激光雷达那优美的光柱,穿过含有各种污染物与痕量物质的大气的同时,也给科研人员传递回这些污染物与痕量物质的信息。人类因

风廓线雷达

上海世博会期间的
大气污染物排放量立体监测车

为重力与地球磁场的影响,不可能离开地球进入大气,但是激光雷达替人类做到了。如果把人类的目光探测看作第一梯队的话,那么,据科学研究,目光探测的最高距离甚至可以达到距地面30千米。然而,这仅仅只是"望见",而非探测。人类目光望见的,是一种无根的虚空,不可能望见目光所经之途中的细微风景。而激光雷达,则是通过激光(包括紫外光、可见光、红外光)与大气中的各种物质相遇,产生信号,并据此推算反演出各种物质的浓度。激光雷达就是人类探测天空和大气的第二梯队。它真正做到了"向天探测",它以其无比壮丽的光柱,写下了人类给高空大气做"CT"的长歌。

在2010年前的连续多年内,刘文清团队采用多波长拉曼雷达在广东开平对珠三角空气污染进行了大范围的持续监测。他们用激光雷达和差分吸收光谱两套系统,观测因为工业突飞猛进造成珠江三角洲地区严重的灰霾。为了获得更加准确和有价值的数据,团队曾驻点开平两个多月。监测期间,当地昼夜温差大,每天早晨5点,刘文清便带着范广强等年轻技术人员,给所有仪器做标定。到世博会开幕前,团队关于"珠三角"空气污染的监测成果,已被广泛应用到珠三角环境保护政策制定与产业调整中。

"一束光打过去,就知道污染物浓度多少。像医生给患者做CT一样,我们是给大气环境做CT的人。"刘文清的这个比喻,是源于他既有对光学理论的认知,又有医学理论的参照,他将两者天衣无缝地进行了

对接,因而才产生了绝佳而形象的比喻。后来,在数不清的科普讲座中,他经常用"给大气做CT"来开头。新颖,可见,可感知,这其实也是他内心对大气环境光学监测的基本定义。他真的希望包括激光雷达在内的众多国产化环境光学监测设备,能够通过他们这些科学家之手,时时刻刻为中国的大气做"CT",让中国的蓝天更蓝、碧水更碧,人民生活的幸福指数更高……

2011年10月,环境光学监测激光雷达研制迎来了一次重大机遇,获得了国家重大科学仪器设备开发专项的支持。团队正式开始开展自主产权的大气气溶胶细粒子和臭氧时空分布的激光雷达监测技术研究和系统开发。

2014年,团队开始开展水汽激光雷达探测技术研究。

2015年,团队继续深入开展新一代温湿度廓线激光雷达探测技术研究。第一代颗粒物和臭氧雷达技术成熟并开始产业化。

2016年,团队开始开展车载颗粒物激光雷达探测技术及应用研发。

2017年,团队开始研制分辨率更高的第二代臭氧激光雷达。

2019年,团队开始开展第三代所有核心设备自主研发的臭氧激光雷达系统研发并开展车载、机载多平台测试试验。

2020年,团队开始开展星载激光雷达的臭氧探测技术研究……

世博会一战,环境光学监测立体技术得到了检验。按理说,这应该是可喜可贺的,但刘文清却没有流露出特别的喜悦。他从世博会的环

境质量监测中,看到了中国环境监测的短板。他觉得有必要暂时停下来,好好地总结这十余年来环境光学监测技术与设备研发所走过的道路。认清道路上的坎坷,找准道路上的痛点,才能有针对性地找出环境光学监测科学下一步的发展方向。

"我们的工作都还是基础性的,我们的设备都还缺乏创新性,我们的监测体系都还相对单一。"刘文清反复思考后,向团队抛出了这样的结论。他的结论让团队所有人都有些惊讶。要知道,中国的环境光学监测科学到2010年时,也已经发展了十余年,这十余年来,大家恒兀兀,不仅在算法和环境光学监测理论上获得突破,更在环境光学仪器与设备上获得了前所未有的发展。国产环境光学监测仪器已经成为环境监测的主力和方向。但在此时,作为环境光学监测团队的带头人和主心骨的刘文清,却提出如此观点,用意何在?

刘文清说:"我就是要提醒大家,要时刻想着我们的技术与设备如何应用于国家的经济、环境建设,如何更好地为国家服务,如何进一步创新,真正从目前的跟跑和在部分领域并跑,到追赶跨越,最终实现领跑!"

第十章 院士之光

2013年12月19日，星期四，刘文清一如既往地待在实验室里。他是个生活、工作极其有规律的人，他认为，只有良好的规律才能使一个人合理而充分地运用时间，才能更好地干自己想干的事业。每天清晨，他都乘坐班车准时到达实验室，一边清理实验室，一边煮咖啡。咖啡飘香，一天工作的基本思路，也渐渐明晰了。他会慢慢地喝上一杯咖啡，再看看窗外的阳光，或者那些绿草、树木与小径上的年轻人……

这天上午十点，他接到电话：他顺利地通过了中国工程院院士的评选，当选为中国工程院环境与轻纺工程学部院士。

很快，所领导过来了。

接着，同事和学生们过来了。

他们真诚而热烈地祝贺刘文清。在小小的实验室里，他们一遍遍地读着中国工程院对刘文清的学术评价：刘文清以创新性的环境光学监测技术研究及成果产业化的突出成就，被评为中国工程院院士。

这个评价客观、公正、全面、到位，一方面突出了刘文清在中国环境光学监测领域的创新性开拓贡献，另一方面高度赞扬了刘文清在环境光学监测技术成果产业化上的重大突破。理论技术的创新性和成果的产业化，是其科研生涯的两翼。现在，这两翼都正在腾飞，而且，飞出了高度，飞出了中国环境监测科学的信心与骨气。

有人送来了鲜花，妻子也打来电话祝贺他。刘文清内心自然也十分激动，进入中国工程院院士行列，这除了是对一个科学家的高度肯定，同时更是对他所从事的领域的高度肯定。风风雨雨十五年，中国环境光学监测科学，终于走出了一片光明。最让刘文清欣慰与激动的是，因为环境光学监测科学技术的成果，中国环境监测能力大大提高，中国在国际环境监测界的影响力也日渐扩大。

刘文清热情地招呼大家喝咖啡，感谢领导、同事和学生们这些年的陪伴、坚持、奋斗与理解。这时候，他心里最想打电话给一个人，那就是他的恩师郭光灿院士：是郭光灿院士当年将他从蚌埠带进了中国科大，后来又成为他的大学老师；是郭光灿院士在他大学毕业时建议他到安徽光机所工作，从而系统地接受了光学理论与实践的熏陶。一个人的

人生路上,能得到恩师的提携与指点,那是一件幸福的事。而现在,作为学生,他取得了科研路上迄今为止最重要的一项收获,他必须亲口告诉老师,感谢老师的栽培。他拿起电话,手机铃声也恰在此时响起,一看,巧了,正是郭光灿院士。郭院士一开口,还如当年那样亲切,他说:"祝贺你啊,文清。我没看错你!"

"谢谢老师!"刘文清觉得此时除"谢谢"以外,再也没有别的合适的词来形容他的心情了。当年郭光灿院士说"看好你"时,刘文清才刚刚迈过科学研究的门槛,而当他成为中国工程院院士时,他已在科学研究的路上辛勤耕耘了四十多年。这四十年来,他的成就有目共睹:

2006年、2008年、2010年获得安徽省科学技术奖一等奖;

2007年、2011年获得国家科学技术进步奖二等奖;

2011年获得国家环境保护科学技术奖一等奖;

先后获得25项发明专利授权,有55项软件著作权登记;

发表SCI论文120篇;

培养博士生35名、硕士生25名;

2007年荣获"安徽劳动模范"称号;

2010年荣获"全国优秀科技工作者"称号;

被评为"十一五"国家"863"资源环境领域专家;

2011年任国家重大科学仪器设备专项负责人。

通话在继续,两位院士,虽然他们是老师和学生的关系,但他们同

时都是科研路上的奋斗者、同行者、探索者。郭光灿院士此时已是国际知名的量子物理学家，他开拓了中国量子研究科学领域。刘文清作为他的学生，开拓了中国环境光学监测科学。他们都是开拓者，心中都充满着家国情怀，都在科学之路上勇毅前行。

中午的阳光，照在实验室的墙上，一个个晃动的图案，不断变幻着。刘文清送走了领导、同事和学生，关上门，他要让自己静一静，再静一静。往往，这个世界的奇妙就在于，真正获得大成功的人，最需要安静。好比一个攀登者，在登临巅峰之时，他并不会沉湎于鲜花与掌声，他更愿意回到自己的内心，在宁静中回望来路，品味，咀嚼，反思，并因此获得攀登更高山峰的力量与信心。

思绪像一片云朵，一会儿飘到蚌埠自家老房子门前，那里有他艰苦的童年和少年时代，有父亲每天下班时的疲惫，有一家人坐在灯下时的欢笑，有背着书包去上学的欢快的脚步，有初中毕业后进入工厂时的懵懂，有跟随师父学习钳工时的忘我与专心，有第一次获得"技术能手"称号时的窃喜，更有成为技术骨干时的自信。

思绪飘到中国科大门前，还是那扇大门，还是"中国科学技术大学"八个大字，那是科学人生启航的地方。他自此驾驶着科学研究之舟，驶向了董铺岛，驶向了光学研究那神奇美妙的世界。那些年，他一边做研究，一边学外语。在所里，他是个一心做科研的学者；在家里，他又是一个在菜市场提篮买菜的丈夫、辅导儿子学习的父亲，更是一个细心侍奉

1985年春节全家照片

1995年在希腊与导师Fotakis合影

母亲的儿子。

思绪飘到优美的希腊克里特岛，蓝天白云，他沉醉其中。但他并没有忘记自己的使命，他是为着知识而来，为着国家而来。他成了每天实验室里最后一个离开的人，也成了导师眼里最具有探索精神的人。他成了医学博士，将多年的光学研究与生命健康融合到一起。他本以为这将是自己人生一直会走下去的学术道路。

思绪飘到日本，那个樱花之国，那个和中国一衣带水的邻邦。他在千叶大学，跟随着那向天发射并且掠过富士山的激光光柱，似乎要看透无垠天空的奥秘。这为他打开了学术生涯的一扇崭新的窗户——他不仅"看"到了大气，也"看"到了大气中那些微量和痕量物质；他不仅看到了我们人类所赖以生存的环境，也看到了环境中那些可怕的污染。

思绪飘到制造强国德国，2003 年，刘文清和刘建国一道去德国马普化学生态所学习。每天天不亮，他们便骑着自行车到所里，等别人上班时，他们已干完了第一班的活。晚上，他们总是最后离开化学所。学习结束时，马普化学生态所为感谢他们，专门赠送了一套价值近百万元的中红外激光光谱仪。

思绪再次飘回国内，刘文清人生最重大的一次选择，在董铺岛做出。他仿佛看见了自己当时的犹豫、徘徊，但看见更多的是坚定、执着与伙伴们的支持。他看见安徽光机所环境光学监测研究室成立，他们确定了研究的第一个课题——点式二氧化硫监测仪。再后来，他们一

2022年与吴伟仁院士合影

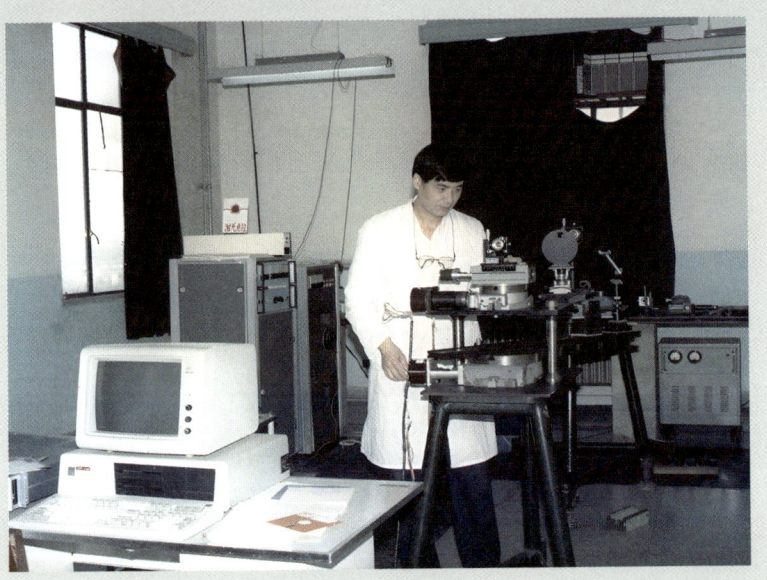

1981年在安徽光机所的研究室做实验

战再战,拼搏不已。一项项技术,一个个成果,在已更名为科学岛的这块湖中土地上磅礴而出。

思绪飘到武汉、铜陵、宿州……这些地方,都是团队研发环境光学监测设备产业化的企业所在地。长江岸边,大气监测系列设备成功生产,并成为中国环境监测子站设备的重要支撑;淮河之滨,固定和移动式机动车尾气遥测设备,成了捕捉机动车尾气污染物的"名捕"。在其他许多工厂、企业、试验场,或军用,或民用,团队的一系列设备正大显身手,屡获奇功。

思绪飘到北京,飘到了2008年奥运会和残奥会,80多套装备,其中95%都由安徽光机所环境光学监测团队研发。团队巡行在北京城内外,实时、准确地开展大气监测,为奥运会和残奥会的顺利召开,为北京的蓝天白云,提供了大量的预报与预警保障,并且通过他们的努力,及时整治,果断处置,从而实现了北京奥运对国际奥委会的庄严承诺。

思绪飘到遍布大江南北、长城内外的一个个中国环境监测子站,那里的设备,百分之九十以上已经实现了国产化。一台台设备,正无声地记录着环境光学监测技术团队十五年来的汗水与智慧;一台台设备,也正以严谨的数据、严格的分析,向世界证明着中国在环境治理道路上的决心。

思绪再次飘到海外,在一个个国际环境监测会议上,在许多大学的论坛上,在众多重要的国际期刊上,中国环境光学监测的声音越来越响

2010年7月，中国极地现场科考队去北极科考站

2010年7月，刘文清在北极黄河站

北极科考基地中国黄河站合影

亮,越来越成熟,越来越清晰。数百项专利,数百篇SCI论文,数百项软件著作权登记……环境光学监测技术和成果应用产业化,已成为中国环境科学与世界环境科学融合的桥梁、纽带、共同发展的通道。

思绪飘到了北极,2010年7月,在"大气成分演化对生态环境的影响"考察项目的支持下,刘文清作为中国北极科考队成员,奔赴北极新奥尔松地区,进行了为期半个月的科考工作。在新奥尔松地区,他安装了多轴差分吸收光谱仪,对大气痕量气体柱浓度进行了连续监测,并通过网络实现远程数据传输及监控。迄今为止,安徽光机所研制的多轴差分吸收光谱仪一直在北极地区连续运行,成功获取了极地大气成分中氧化溴、臭氧、二氧化氮等气体浓度的实时监测数据。另外,在我国南极科研考察船"雪龙"号上,搭载着安徽光机所最先进的多轴差分吸收光谱系统,用于开展活性卤素化合物的探测。这还是我国首次运用自主知识产权设备监测极地气体成分和浓度。

思绪不断飘飞,刘文清想起他离开希腊克里特大学回国时跟导师讲的话:"我是中国人,属于中国的科学事业。"时光荏苒,从当年的三十而立,到现在的鬓发花白,他感到自己一直在为当年这句话而努力、拼搏。而且,在环境光学监测的路上,他还将一直努力,一直拼搏下去……

鲜花和祝贺不断地涌向科学岛,然而,却很少有人看见主角刘文清。一大批记者给他打电话,他干脆把手机设置成了静音模式。他对

学生说:"荣誉只是对以往努力的肯定,未来还需要付出更加艰辛的劳动。否则,停滞不前,不是一个科学研究工作者的风格,也不是科学精神的体现。"

冬日的科学岛,树木、野草,万事万物都在蓄积力量,以迎接即将来临的更加盛大的春天。

刘文清一个人沿着蜀山湖行走,他是不是也在构思着环境光学监测科学的更加盛大的春天?

# 第十一章　布局立体环境监测——地基探测

"我们就是要营造一个繁荣的立体的盛大的春天！不是一朵两朵的花，而是一片花园，一大片花园！"刘文清有些激动，面对团队的同事和那些年轻的学生，他将自己的想法和盘托出——我们必须建立我们自己的大气环境立体监测体系。

"立体监测体系"这个名词大家并不陌生，但总觉得与中国的现实情况，或者说与他们一直在进行的环境光学监测还有距离。

刘文清看出了大家的顾虑，说："这就是我们未来的发展方向。"他继续娓娓道来："这些年来，我们从无到有，从远远地看着发达国家的背影，跟在人家后面跑步，到慢慢地追上，再到部分项目能够与他们并肩，甚至个别项目比

他们跑得稍快一点。看起来,我们成就巨大,国家也给了我们很多荣誉。可是,我们与国家经济建设的需要,与国际社会,尤其是《京都议定书》所列举的清单,还有不是一天两天就能赶上的差距。因此,我们要谋定而后动,确定我们的方向与目标。现阶段,我们就是要在环境光学监测技术地基、空基已开始起步的形势下,着手天基的开发与研究,争取在不太长的时间内,形成中国环境监测地基、空基、天基一体化的监测体系,让我们做'CT'的能力更强、更精准,让大气中的各种污染源无处遁形。同时,要在监测的空间化上做文章,大气、土壤、水、工厂、工业园区、药品,等等,都将包罗在我们这个体系之中。"

此时已是安徽光机所副所长、中国科学院环境光学与技术重点实验室主任的刘建国,就像十五年前支持刘文清选择自主创新一样,首先支持了刘文清院士的观点,他认为,布局环境光学立体监测体系,既是环境光学技术发展自身的必然要求,又是提升中国环境监测水平与参与世界环境监测体系的需要。他给大家说起世纪之初,一些发达国家对中国环境,特别是碳排放的公开指责。"为什么? 从技术上讲,是他们建立了包括天基技术在内的大气探测体系,他们的卫星在天上扫一次,全球各国的大气情况便出来了。他们有数据,说话就硬气。相反,我们在这方面,就很难有发言权。"刘建国说,"刘文清院士的这个观点,也是在目前我们环境光学监测科学发展的基础上提出来的。我们现在具备了建立立体环境监测体系的可能,只要大家共同努力,就一定能在地、

空、天各个层级，打开环境光学监测的新局面。"

"这种立体的环境光学监测体系，其实就是提升、扩展我们探索大气的高度、宽度。向天探测10 000米，使我国的环境光学监测技术与设备，能达到或部分超过国际先进水平，这是我们的目标。"刘文清一锤定音地说。

布局大气环境光学监测立体体系，这是安徽光机所环境光学监测技术的一个重要的分水岭。在此之前，安徽光机所打破国外技术封锁的瓶颈，在算法与设备研发上，实现了从零起步，到全面赶上。长光程系统、傅里叶红外光谱系统、各种大气颗粒及痕量物质遥测系统、激光雷达系统等，都一一披挂上阵，成为中国环境监测战场上的主角。但这些技术与设备，基本是单打独斗，没有形成整合实力。虽然也经过了北京奥运会、上海世博会等重大外场的综合演练，然而，系统性不够，集成度不高，特别是星载技术、大气臭氧监测技术等一些尖端技术还尚未得到开发。如果说环境光学监测技术会造就一个春天，那这春天必须是百花齐放的春天，必须是万紫千红的春天，也必须是浩繁盛大的春天！

"咬定青山不放松"，刘文清团队再一次开始沉淀。刘文清本人将院士的入选作为自己个人以往学术生涯的小结，同时也作为未来学术生涯的开端。他要么每天守在实验室里，要么就在大气环境光学监测的外场。有时候，他也会出现在高校和中小学课堂上，他喜欢看着孩子们一张张渴望知识的笑脸，他从大气的组成、环境与人类、中国环境光

学监测技术的现状、环境监测技术与未来各个方面,深入浅出,反复宣讲。"科学精神是需要从小培养的,孩子们是未来,是希望,让孩子们懂得这些知识,树立为国家奋斗的信心,是一个科技工作者应尽的职责。"刘文清每年的科普讲座,绝不少于二十场。很多听过他讲座的学生,都给他寄来了书信,信中生动描述了他们对大气环境监测的畅想。虽然天真、稚气,却透露出孩子们的信心与责任感,真诚、可爱、感人。

更多的时候,刘文清会与所里、团队里的同事和年轻人,讨论,争论,议论……主题会不断变化,从环境光学监测立体体系的建立,到国际环境光学监测的前沿;从一个细微的思想火花,到整个科学集成;从科学岛,到祖国辽阔的大地。团队就在这种争论、讨论之中,一步步提升着地基探测实力,为放开手发展空基探测技术并苦心孤诣谋划天基监测做准备。

地基探测技术是一种传统的环境监测技术,主要利用太阳散射光等自然光源,基于反演算法得到污染气体的斜柱浓度(SCD,即污染气体沿光路的积分浓度),并由此进一步解析出污染气体分布信息。通过与成像光谱技术结合,形成一个重要技术分支——成像差分吸收光谱(I-DOAS)技术。基于这一技术的广泛应用,刘文清团队开展了全景扫描污染气体成像差分吸收光谱系统的研制。通过单次采集,他们可同时获取水平方向到30度方向内各个角度的散射光信息,利用转台360度扫描获取各个方向的太阳散射光谱;通过对重点区域的扫描测

量,完成区域内污染区分布的观测;利用污染气体的特征吸收结构,获取该区域痕量气体的光谱信息,最终计算出污染气体浓度分布的不均匀性的具体数据。成像观测技术最大的特点是提升了数据的空间分辨率、时间分辨率,可以更加直观地观测出污染源的分布和扩散,并且可以识别出近距离分布的污染源,实现对污染气体的快速可视化监测。

地基观测技术从20世纪五六十年代开始,已经在中国逐步建立。特别是进入21世纪以后,国家投入巨资,在全国重点城市建立了近3 000个环境监测子站。这些环境监测子站,依靠自主创新技术和设备,对地面和近地大气进行持续监测,构成了一张地基监测的全国性网络。

高闻光是安徽光机所自己培养出来的博士,在他所在的研究组解散后,他调整方向,找到了刘文清,开始重点研究地基环境污染监测技术,开展设备研发工作。在傅里叶变换红外吸收光谱的算法研究上,他独出机杼,提出了自己的"还原理论(就是将设定结果通过还原,反向推导算法;然后再通过正向算法,演算出真实的结果)"。这个设想得到了刘文清的肯定,刘文清鼓励他沿着这条路子往下走,任何科学都是要试验和证伪的,只要能达到理想的结果,就具备研究的意义。

这些年,他参与了几乎所有的外场地基监测试验,比如在重庆长寿川江船业进行的工业园区污染物分布与垂直分布监测。重庆长寿集中着一批大型企业,其中就有历史上的污染大户重庆钢铁、中石化川维公

司等。这些满负荷生产的大型企业,除源源不断地推出运往四面八方的优质产品外,也在不断地制造和输出着大量的多种类型的环境污染物,包括二氧化氮、二氧化硫等。团队接手监测任务后,在川江船业安置了成像差分吸收光谱设备,此地距离重庆钢铁2.5千米,距离中石化川维公司1千米,设备周边还有大量的工业园区。经过长时间不间断的监测,团队给出了综合治理的预报、预警。经过监测,他们发现,仅在6月份,通过对观测的紫外散射光谱进行分析,就能得出不同方位、不同仰角对应的污染气体比较集中且都在工业区域的结论。在静稳扩散条件下,烟羽垂直扩散,特别是重庆钢铁和中石化川维公司方向,存在着明显的二氧化氮、二氧化硫排放。为进一步明确污染情况,团队又对中石化川维公司等厂区污染气体排放、扩散进行小区域精细观测,从而发现二氧化硫的烟羽排放扩张趋势,不同风向导致二氧化硫扩散输送方式产生差异,并据此提出了排放管控和治理建议。

如果说成像差分吸收光谱技术是让二氧化氮、二氧化硫显形的宝镜,那么,傅里叶变换红外光谱技术则是立体监测各种挥发性污染物的不二法宝。傅里叶变换红外吸收光谱技术具备测量谱带宽、光谱分辨率高、信噪比高、扫描速度快等特点,可以实现多组分气体实时、在线监测,在诸多方面得到广泛应用与推广。

从21世纪之初开始,安徽光机所就在国内率先开展了基于傅里叶变换红外光谱技术的气体定量反演方法与监测技术研究,研发了具有

独立自主知识产权的双臂摆扫式核心干涉仪模块，相继开发了可用于环境大气在线监测的多用途、多形式、多平台的傅里叶变换红外吸收光谱监测系统。在此技术基础上，高闽光等科研人员长期以来一直从事基于傅里叶变换红外光谱技术的立体化、网络化和全覆盖式的监测网络建设。这种技术可以组建包括固定污染源排放监测、无组织排放监测和排放通量监测的立体化监测体系。这套体系的建立，完全有赖于刘文清院士的指导和时任安徽光机所副所长的刘建国的带领，在环境大气污染逐渐呈现种类多、差异大、排放复杂等特点的情况下，该体系解决了针对污染物特征而进行的多组分同时测量的问题，检测灵敏度高，可以进行点源、面源和区域等多种方式的全自动在线监测。团队一边研究，一边不断地开展各种外场试验。到2013年年底，团队将傅里叶变换红外光谱技术成功应用于北京奥运会、广州亚运会、上海世博会、南京青奥会等重大活动中的重点化工园区的立体化、全方位大气监测。2014年年初，他们又开始了国内第一个基于傅里叶变换红外光谱技术建成的立体化、网络化、全覆盖式挥发性污染物监测网络——福建泉州石化园区的环境大气监测，一举打造并打响了国产傅里叶变换红外吸收光谱设备的品牌。

泉惠石化园区环境大气立体监测，由安徽光机所和安徽蓝盾电子股份有限公司共同开展，既是一次关于立体监测傅里叶变换红外光谱技术的展示，也是一次对国产设备的检验。针对石化园区挥发性污染

物排放因子种类多、排放源呈面源无规律分布、挥发性污染物扩散区域广等特点,结合监测地的地理环境、气候条件及污染特征等因素,他们确定采用开放光路傅里叶变换红外光谱技术对园区边界区域挥发性污染物进行立体化、网络化、实时监测。监测开始后,高闽光带领现场技术人员,顶着高温,放弃假日和休息时间,同时考虑台风频繁、环境湿度大等因素,从而有针对性地设计了双站对射式开放光路傅里叶变换红外光谱系统。随队工程师也争分夺秒,连夜奋战,在最短的时间内完成了现场站房的建设。到2014年7月,整个石化园区立体监测正式开始。

刘文清虽然人在安徽,但心系泉州的监测工作。他每天都通过电话、视频等,与现场人员联系,解决问题,适时进行有效指导。他和团队最担心的是设备。国产设备连续长时间运行,这还是头一次。值得高兴的是,在仪器设备连续无故障运行一年后,福建省监测中心站、泉惠石化园区等专家组成的项目组进行验收后认为,完全满足预期效果,设备运行期间稳定、可靠,两套开放光路傅里叶变换红外光谱设备以优异成绩通过了验收。到2016年年底,这两套开放光路傅里叶变换红外光谱设备一直在泉州石化园区运行,持续、高效且未出现任何故障。接着,试验团队又增加了两套开放光路傅里叶变换红外光谱设备,对整个园区挥发性污染物进行立体化、网络化、全覆盖监测。通过监测,全面摸清了石化园区挥发性污染物污染情况,在石化园区和乡镇居民密集生活区边界形成一道坚实的挥发性污染物监测屏障,有力地保障了附

近居民的生命安全和环境安全。而四套开放光路傅里叶变换红外光谱设备，也以其持续、高效、无故障运行，为国产环境光学监测设备增添了光彩。

"地基监测要从气到水，从气到土。"刘文清说。他认为，环境包含着气、水、土等，对气、水、土的综合环境监测，是扩展环境光学监测空间的有效手段。他经常在科学岛上或者蜀山湖边，对一道散步的同事或者学生说："自然环境与人类息息相关。优美、洁净的自然环境，对人类来说是福祉，而现在，随着工业化进程的加快，环境污染已从大气向水体、土壤入侵。对水、土等自然环境的综合监测，是我们这些做环境监测的科学工作者必须承担起来的责任。"

"还记得2007年的太湖水体污染大爆发吗?"刘文清目光犀利，也正是那次举世震惊的水体污染大爆发，敲响了水体污染的警钟。刘文清既震惊，也自责，作为一个环境监测科学家，他没能拿出切实可行的方案。他很快布置开展水体监测研究与设备研发。大家群策群力、另辟蹊径，通过环境光学技术，对当时已污染严重的巢湖水体进行监测，研究出了包括土壤重金属和有机物检测的浮标监测系统和预警方法。研究成果在巢湖应用后，对巢湖水华监测和预警，以及管控治理，取得了可喜的成效。不到十年，巢湖就恢复了碧波荡漾、鸥鸟翔集、湿地绵延、蒹葭苍苍的美景。如今的巢湖，已真正成了生态湖，成了大地上一抹明净的眼眸!

## 第十二章　布局立体环境监测——空基探测

有人这样描述科学岛:"在科学岛上,每一棵树、每一朵花、每一棵草、每一滴露珠、每一声鸟鸣……都是有思想的,它们都在思考。而岛上的每一个人,都在这有限的岛上,思索着无限的时空。"

张天舒就是这样的一个思索者。

戴着眼镜,瘦高个儿,从2000年就上了岛,一直到成为环境光学监测空基探测雷达技术重要的研发者,他一直没有停下脚步。对于刘文清院士提出的布局立体环境监测体系,他认为这是必然的发展趋势。事实上,早在2008年前后,他就已经深度介入了立体环境监测体系的早期开发与建设。

大气污染傅里叶变换红外光谱监测方法的研究、激光

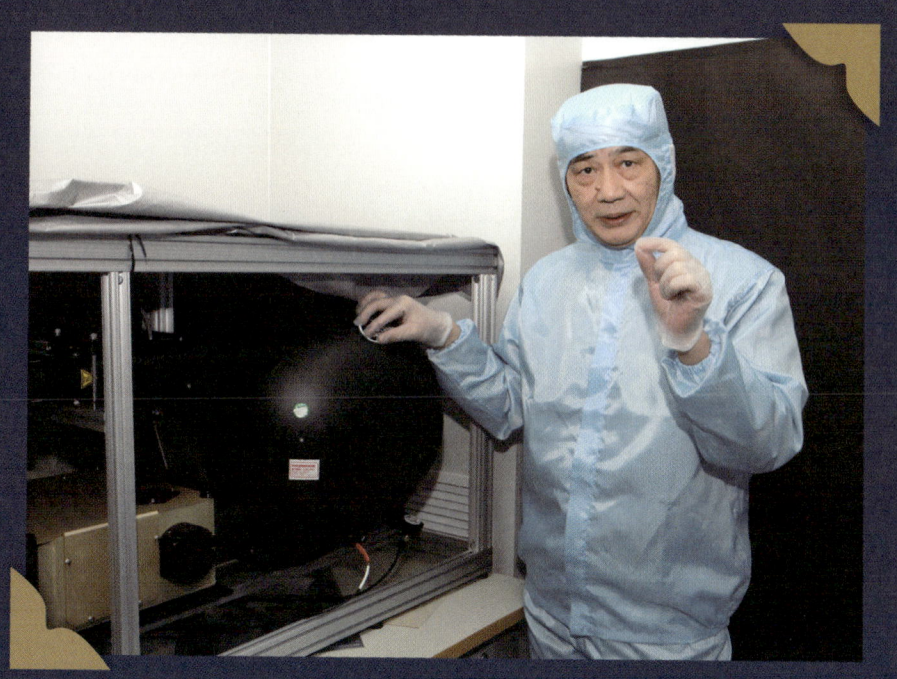

2014年,刘文清在安徽光机所光学超净实验室工作

雷达监测应用研究,是张天舒的学术方向。而这,正是大气环境立体监测体系中的空基探测的重要组成部分。因为张天舒和团队的共同努力,激光雷达技术实现突破与设备产业化,为空基探测的开展奠定了良好的基础。相比较地基探测,空基平台具有视域广、灵活机动、飞行高度可控、定点与巡航相结合的时空观测连续等特点,能迅速收集不同时间、不同地点、不同高度的大气污染物浓度的连续数据。

环境光学监测空基技术的核心即航空遥感系统,因此,空基探测从技术层面上也被称为"机载探测"。

航空遥感是以飞机或气球作为工作平台进行成像或扫描的一种遥感方式,其上装有各种传感器,按技术要求,对测区进行有关地物电磁波信息的收集、处理,最后获得各种图像、数据,从而为生产、科研所应用。航空遥感包括航空遥感平台、传感器及信息传输与处理等系统。航空遥感,早期主要以感光胶片作为记录手段,逐步发展为采用光电图像传感器的电子化记录,把人们眼睛看不见的紫外、红外、微波信息,转换成人眼可见的图像和计算机使用的数字化信息,形成供分析研究的数据、曲线和图像。航空遥感在航空摄影条件下的精度可达到分米级,在卫星遥感的条件下,其精度可达到米级。空基遥感探测技术能有效弥补地基探测的不足,将探测距离由近地面大气向空间延伸,由对流层向平流层过渡。而平流层大气环境与痕量物质及污染气体分布特征,正是对区域大气环境进行总体评价的关键因素。美国等发达国家,早

在20世纪七八十年代，其空基环境探测研究就开始逐步成熟，一批空基探测设备也相继问世。假如说地基探测是向天探测数百米，那么，空基探测即向天探测10 000米，甚至更高。环境光学监测的空间因此变得更加广大、深邃，所获得的数据也因此更具有科学性。

早在2005年年初，安徽光机所环境光学监测重点实验室就开始了机载空基环境监测技术研究与设备开发。但当时，团队才起步六七年，自有经费十分有限，所使用的仪器设备也都相当有限。但刘文清和团队人员没有气馁，他们用一台载荷的经费研制出了三台观测仪器，并很快以此为基础，参与了"十二五"国家重大基础科学设施——国家航空遥感系统的建设。

那是2006年，中国开始筹建自己的航空遥感系统。被称为"国之重器"的大科学装置航空遥感系统进入国家重大科技基础设施项目并得到扶持。项目总建设内容包括两架国产中型遥感飞机平台、10余种遥感载荷、具备综合遥感多源信息数据处理能力的航空遥感数据综合处理与管理系统，以及位于北京的航空遥感系统综合楼和位于辽宁营口的机场飞机库。整个工程及大科学装置建成后，能够获取包括陆地、海洋、大气在内的多类型遥感数据，服务领域可广泛覆盖农业、林业、海洋、测绘、环境、灾害等，可提供科学实验模式、巡航模式、应急反应模式和订单模式等多类航空遥感服务。

航空遥感系统的研发与建立，需要多学科集成，环境光学监测科学

也自然成了其中重要的一部分。安徽光机所环境光学监测团队在刘文清院士的带领下，依靠谢品华、司福祺等科研技术骨干，为航空遥感系统提供了"环境大气成分探测系统"，主要用于机载快速获取区域环境大气监测参数。整个系统由四个独立的硬件子系统组成，即大气环境激光雷达、差分吸收光谱仪、多角度偏振辐射计和主控管理系统。这四个子系统分别安装在飞机气密舱和非气密舱中，由主控管理系统控制其他三个子系统工作，其中差分吸收光谱仪利用光学遥感探测技术，随着飞行实时获取并记录飞行路径上一定范围内飞行高度以下的大气二氧化硫、二氧化氮等污染气体的浓度。

刘文清对中国自己的航空遥感系统情有独钟。他感慨地说："这是中国环境监测综合科学的一次飞跃。以前，我们只能在地上探测，现在能在空中通过空基遥感监测，这极大地丰富了我们的监测手段，拓展和提高了监测范围与能力，构成了立体环境监测网络的中间极。"

2013年7月，航空遥感系统正式通过国家级验收。验收委员会认为，该设施建成了我国目前综合能力最强的航空遥感平台和科学实验平台，设施综合性能达到国内领先、国际先进水平，对促进我们航空遥感技术与应用实现重大突破具有重要意义。其中，"环境大气成分探测系统"是首个交付的系统载荷，并获得"总体好评"。

航空遥感系统成功建立后,中国的环境光学监测探测实现了从近地面到空中纵深,获得的数据更为立体。2013年4月至5月,环境大气成分探测系统在天津、唐山地区进行了飞行试验,3个架次的飞行探测结果清晰地显示出不同天气条件下污染物的积累和发展趋势,反映出系统对污染发生、发展的快速响应能力。2016年11月,系统参与了首次面对客户需求的京津冀区域大气污染物天地协同监测,4个架次的飞行,获取了与雾霾天气相关的二氧化氮、二氧化硫污染气体的高时空分辨率航空遥测数据。2019年9月,系统参加了为子系统通过总体系统验收提供依据的新舟60遥感飞机的首次试飞验证。2个架次的飞行,获取了飞行路径上二氧化氮、二氧化硫污染气体等大气环境遥测数据。

环境大气成分探测系统多次飞行实验充分表明,该系统可为区域性、多发性、灾难性的大气环境污染测量提供综合观测手段,为认知我国大气环境质量演变的定量化分布、大气环境气溶胶的微物理特性提供十分重要的技术支撑。该系统可作为地面监测仪器或星载监测仪器的有效补充,可为污染源定位、排查提供数据支持,是快速获取区域污染信息、研究污染过程的有力手段。

地基探测和以航空遥感为主的空基探测体系初步形成后,中国科学院合肥物质科学研究院(下文简称"合肥物质院")安徽光机所环境光学监测团队积极将其投入到社会需求和外场监测之中。这其中,以大家津津乐道的"APEC蓝"最为著名。

APEC,即亚太经济合作组织。2014年11月5日至11日,APEC会议在北京召开。为做好会议期间环境保障预报与预警、保证会议期间北京的空气质量,中国科学院在实施"大气雾霾追因与控制"先导专项的基础上,进一步组织实施了京津冀区域灰霾综合外场实验。按照统一安排,安徽光机所环境光学监测团队在刘文清、刘建国的带领下,组织了多名科技人员组成专班,携带安徽光机所自己研制的最先进的国产环境光学监测设备,在京津冀区域开展固定点观测及走航、空基观测等全系统监测。他们针对北京处于秋冬转换季节、风速小、降水少、静稳逆温天气频发、不利于污染物扩散的大气特点,以毗邻怀柔雁栖湖的中国科学院大学超级大气观测站为核心实验区,采用地面观测、激光雷达地基组网、车载走航、卫星遥感和数值模型预报等多种手段,构建了由2个超级站、15个立体观测站、6辆移动观测车和20多个气象站组成的京津冀大气污染综合观测研究网络,对当年10月至11月京津冀区域的数次灰霾污染形成过程进行了全方位观测和模拟,分析了京津冀区域大气污染物环境容量、区域输送变化及二次气溶胶所占比例,对APEC期间应急控制措施的效果进行了评估,并提出留住"APEC蓝"的建议。

"APEC蓝",即京津冀区域实现各污染物日均浓度达到国家二级标准,即年需削减二氧化硫量达82.7万吨,二氧化氮量达138.4万吨,一次PM2.5量达46.1万吨,分别占到2013年京津冀区域排放量的47%、

52%和44%。因此，要留住"APEC蓝"，必须实施3条政策：一是在京津冀区域分阶段实施"APEC蓝"，利用北京山地平原风特性，先在北京中北部区域长期保持"APEC蓝"，再分批次、分阶段逐步向南推进；二是严格落实大气污染控制"国十条"，并建立动态调整机制；三是进一步加强京津冀区域的联防联控，做好钢铁、冶金、建材等高污染企业的调整，积极参与"21世纪海上丝绸之路"的建设，支持国家经略南海战略，有计划地实现产能转移。

"APEC蓝"，不仅仅是"北京蓝"，也不仅仅是"天津蓝""河北蓝"，更是中国环境监测科学的"蓝"。运用先进的综合科学监测技术和成熟高端的国产设备，为中国的天空留住"APEC蓝"，这是环境监测科学工作者的责任，也让他们深感自豪。APEC会议之后，团队又先后为多个重要活动提供环境监测保障。以地基监测为主，融合空基探测系统，对大气中近地层进行全方位、立体监测，这标志着我们环境光学监测技术已经基本适应了国民经济发展的需要，构成了有独立体系与自主知识产权的中国式环境光学监测体系。

"大气的光学特征，就如同人类的指纹。我们已经具备了识别能力，但还必须让我们的能力成为环境光学发展的动力。因此，产业化是我们必须走的路子。"刘文清经常拿自己在工厂的经历说话，"我是工人出身，我知道知识与产品之间的距离。工人们接触的是产品，而不是知识。"基于这个理念，安徽光机所环境光学监测团队一直不断地寻求设

备国产化、产业化,除与安徽蓝盾、安徽宝龙等公司长期合作外,又立足环境光学发展与物联网技术整合前景。2011年,他们与无锡聚光科技共同发起成立了中科光电。经过多年的深耕,中科光电已经成为环境立体监测与应用这一细分领域的佼佼者。其坚持产学研一体化,将物联网技术与立体监测技术结合,构建了以激光雷达、傅里叶红外光谱、紫外差分吸收光谱为核心的多种技术相融合的平台,研发了大气颗粒物监测激光雷达(双波长三通道系列、高能扫描系列、双镜微脉冲激光雷达)、大气臭氧探测激光雷达、拉曼激光雷达、多轴差分吸收光谱仪、傅里叶变换红外光谱仪、超级站数据分析平台等多项具有自主知识产权的核心产品。同时,中科光电还拥有大气环境立体走航观测、大气环境监测执法、大气环境光化学立体监测、灰霾立体监测等多种解决方案,能为环保、气象和科研领域中的大气环境监测、监察、监管提供产品、解决方案及相关咨询和技术服务。

“聚焦、专注,这是我们与众多企业合作成功的法宝。”刘文清说。放眼全球、全国、全产业,创新的目光应更多地投向细分行业领域,从而培养一批“叫得响、数得着”的环境监测产业“隐形冠军”。2019年,安徽蓝盾成功上市,成了环境光学监测产业的“独角兽”。

2016年10月,刘文清因在环境光学监测技术研究与设备产业化研发上的突出贡献,荣获该年度“何梁何利科学与技术进步奖”。

第十三章 布局立体环境监测——天基探测

　　"没有自主技术的支撑,解决不了中国的环境问题。"刘文清院士对此一直有清醒的认识。从1998年正式组建环境光学监测技术团队以来,他心里就始终将"自主技术"作为团队发展的核心。在任何时候、任何项目实施过程中,他都反复强调,"要有自主的核心技术,有自主的核心设备。这是话语权,也是再发展的原动力。"

　　布局立体环境监测系统,同样需要自主技术。从地基探测开始,团队先后攻克了长光程差分吸收光谱系统自主知识产权研制,接着在傅里叶变换红外吸收光谱设备算法与制造上,实现了中国算、中国造。跨越地基探测,在空基探测技术与设备上,刘文清团队更是加大了自主技术的研发,偏振激光雷达等高端监测设备相继问世,既在反演算

长光程差分吸收光谱仪

法上建立了自主技术路线,又在设备制造与改进上提出了自主方案。这些国产化自主技术与设备,成为环境光学监测的中坚力量,并且正在影响着中国大气环境监测未来的发展方向。

然而,刘文清却时常感到急迫——虽然奋斗了十几年,但环境光学监测技术与设备的自主知识产权并不突出;在整个环境监测技术与设备系列中所占的比例虽然达到了90%,但一批高精尖的关键核心技术与设备却还依赖于进口。到"十二五"末,中国尚未发展起完整的立体环境监测体系,特别是天基探测,还在襁褓之中,而欧美发达国家,早在20世纪90年代中期,就已经建立起了强大的现代化天基环境探测体系。因此,在很多环境污染的重大节点与重大话语权上,中国显得相对被动,特别是2011年前后,随着京津冀灰霾现象加重,美国大使馆开始发布北京PM2.5数据。他们的数据来源就依赖于美国发射的高空探测卫星。美国人的数据,既是给中国人在灰霾污染治理上的一声棒喝,也是对中国在环境科学话语权上的一次警醒。这些数据刺痛了刘文清和一大批中国环境科学家的

心，他们暗暗发誓：一定要拼命追赶，发展中国的环境科学天基探测，在大气污染，包括 PM2.5 等的发布与治理上，形成中国自主技术与话语权。

而要建立中国自主技术的天基探测体系，面临的现实是必须尽快解决两大课题：一是应用软件算法的开发，二是关键技术与设备的研发。当然，最重要的还是整个天基系统的开发与建立。国家相关部门也很快加强了对环境天基探测系统的开发研究，在此之前的 2010 年，《国家中长期科学与技术发展规划与纲要（2006—2020）》确定了十六个重大科研专项，其中就有"高分辨率对地观测系统重大专项（以下简称'高分专项'）"。高分专项重点填补了我国在高光谱分辨率对地观测方面的空白。高分专项明确提出多部门联动，组建国家基础设施平台，将高分系列卫星列入科研卫星序列。正是这一专项，使安徽光机所刘文清团队这一航天"门外汉"得以参与其中。

"我们要瞄准国家重大需求，解决关键技术问题。"刘文清作为高分五号卫星载荷总设计师之一，带领安徽光机所一班人，很快就投入到天基系统的研发之中。科学岛上，由此诞生了一支"航天新兵"。这支不穿军装的队伍，首先从二氧化硫和臭氧监测技术与设备入手，专门成立了算法软件攻关小组和技术与设备研发小组，分别由刘建国、谢品华、司福祺等负责。

大气环境卫星遥感监测软件算法的开发，既能满足天基探测体系

的算法需要,同时又能够通过我们自己的算法反演,逐渐提高我们自主监测数据的国际认可度。当时,我国大气中的二氧化氮、甲醛、二氧化硫、一氧化碳、二氧化碳、甲烷等的监测,都高度依赖外国卫星的数据,如全球臭氧监测仪-2(GOME-2)、臭氧监测仪(OMI)、温室气体观测卫星(GOSAT)、轨道碳观测卫星-2(OCO-2)等国外卫星的二级数据产品。国外卫星研发机构对其分析算法进行了严格的封装,我们无法了解其光谱标定、气溶胶和云校正及大气成分浓度反演的具体技术细节。如果我们在缺乏自主可靠的反演算法的情况下,盲目依赖国外的监测数据发布相关产品,不仅容易对我们政策的制定造成误导,还将使我国丧失环境外交的国际话语权,极大地损害我国负责任的大国形象。算法软件开发团队暗暗攒劲,夜以继日,反复推演,不断校正。其中有些技术人员连续一两个月都吃住在所里;春节放假,部分技术人员也没回老家,只在岛上过了个"攻关时期特殊的春节"。其中有位女研究人员,因为埋头实验室,回家太少,孩子见了面问她到底在干什么,她回答说:"我们在算数学。"孩子很高兴地说要帮她算,算完了好回家陪他看动画片,她听了既感动又难过。作为团队带头人的刘文清,自然也亲身参与,他后来在一篇访谈中动情地说:"这栋楼每天晚上九十点钟,灯都是亮的。'少壮不努力,老大徒伤悲。'我们科研人,除了做项目,还要给社会留点东西。"

灯光之下,监测软件算法开发紧张而有序地进行着。而在另一边,

天基载荷研发也在如火如荼地开展中。

高分专项首批确定的高分五号卫星涉及环境监测领域的载荷共有6台,安徽光机所国家环境保护环境光学监测技术重点实验室团队争取到了其中3台的研制任务。但因为他们团队是"航天新兵",因此这3台载荷都被列为项目风险点。作为其中大气痕量气体差分吸收光谱仪(EMI)载荷项目的主要技术负责人司福祺也压力巨大。他明白航天项目不可维护、不可维修,必须一次成功,这与地基探测、空基探测项目有着巨大区别。他们给自己下了军令状——零差错。只有零差错,才能确保载荷安全、精准、高效工作。为此,他们从芯片入手,一点点摸索,一步步解决,首先攻克"芯"的问题。在芯片问题得到解决后,再解决集成和后期校准问题。司福祺和所有的团队成员一样,"心情激动,紧张。我们的设备能跟随卫星上天,这是科技工作者的荣耀。但其中高标准的要求,又必须让我们付出加倍的努力,贡献更大的智慧。"

大气主要温室气体监测仪

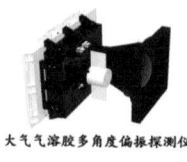

大气气溶胶多角度偏振探测仪　　大气痕量气体差分吸收光谱仪

安徽光机所的3台高分五号卫星的载荷

环境监测软件开发,按照刘文清的设想,要立足自主知识产

权,但同时也要"走出去",消化吸收世界先进软件开发技术。团队先后同德国海德堡大学、日本千叶大学、澳大利亚麦考瑞大学和卧龙岗大学等建立了良好的合作关系,通过学术交流加强基础研究、联合攻关,从而真正达成"他山之石,可以攻玉"的可喜效果。经过近五年的开发,团队终于成功开发出环境监测系列软件,这些软件很快就在高分专项设备研发中派上用场,为高分载荷研制提供了强大的支持。技术与设备研发团队感叹道:"在清楚掌握算法的基础上做仪器,才能又快又好。"

安徽光机所承担的3台载荷分别是大气痕量气体差分吸收光谱仪、大气主要温室气体监测仪、大气气溶胶多角度偏振探测仪。3台载荷技术要求高、时间紧,而且不允许有任何差错,为此,团队决定首先主攻大气痕量气体差分吸收光谱仪。

大气痕量气体差分吸收光谱仪作为天基卫星环境监测任务的主角,主要用于获取紫外到可见波段的高光谱遥感产品,实现对全球大气痕量成分分布和变化的定量监测,提供全球/区域痕量污

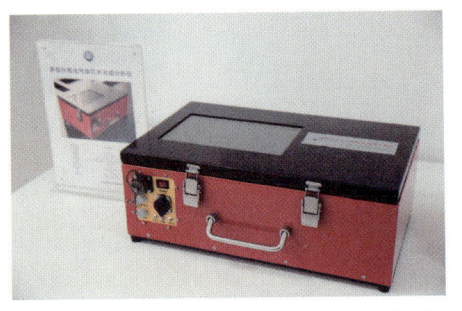

便携式傅里叶红外多组分气体分析仪

染气体成分的分布和变化的科学数据。它同星载其他载荷一起，构成面向国家污染减排、环境质量监管、大气成分变化监测的体系，成为开展污染气体、区域环境空气质量、大气成分、气候变化等高光谱遥感监测的应用示范。团队在已开发的多种差分吸收光谱仪的基础上，结合算法，提出了多种设计与制造方案。最后，经刘文清院士、刘建国副所长等拍板，团队选择了最适合中国国情的设计方案。考虑到星载设备体积小、功能全、精确度高、安全系数大，大气痕量差分吸收光谱仪由光机头部、信息处理箱和温控箱组成，其中，光机头部完成紫外/可见波段高光谱分辨率光信息获取、光电转换、模数转换、4通道CCD数据打包、上传等功能；信息处理箱完成二次电源供给、系统主控、遥控遥测、步进电机驱动、校准电源供给等功能；温控箱完成载荷热控及CCD控温等功能。在技术原理上，大气痕量差分吸收光谱仪通过探测地球大气及地表反射、散射的紫外/可见辐射来解析痕量污染气体（如二氧化硫、二氧化氮等）成分的分布与变化。仪器的光谱范围为240～710纳米。仪器在国际通用仪器设计方案上做了相当大的改进，比如前置导入光学系统没有采用常用的摆扫机构，而利用两片偏轴高次非球面反射镜的宽视场前置望远镜，在穿轨方向形成114度大视场。在关键技术上，该设计实现了两个主要突破：一是实现在宽视场、高分辨率光谱成像技术上的突破；二是通过基于漫射板的星上定标装置设计，实现了在轨高精度紫外光谱定标关键技术上的突破。

大气痕量差分吸收光谱仪研制成功后,刘文清专门为团队中年轻的科学家请功,他十分自豪,说:"我们的仪器虽然晚于国际上一些先进国家,但更先进,更有中国自主创新特色。比如我们的幅宽达到了2600千米,在太阳同步轨道进行天底观测、面阵推扫,可近似实现一日全球覆盖监测。也就是说,我们的仪器,扫一次就达到了2600千米,而国外的很多设备,基本在2000千米以内。这不仅是后发优势,更是全体人员拥抱自主创新、振兴祖国科技带来的优势!"

很快,大气主要温室气体监测仪、大气气溶胶多角度偏振探测仪也相继研发成功。2018年5月9日,太原卫星发射基地,中国高分五号卫星成功发射。卫星上搭载的这3台设备使得高分五号成为世界首颗实现对大气和陆地综合观测的全谱段高光谱卫星,我国从此可以定量获得区域上空及全球空气质量变化、污染气体的分布输运数据。

首战告捷,科学岛上不断传来祝贺声。夜晚,安徽光机所团队的研发人员会不经意地仰望天空,他们想找到"我们自己的高分卫星"。他们一方面开展在轨测试工作,另一方面研发出载荷相关的数据处理软件,完成海量卫星数据的处理,实现污染气体全球分布反演。他们注视天空,如同他们脚踏大地。他们既有大地般的厚实,又有星空般的诗意。在这些奋斗着的科学家心里,高分卫星就是天空中最美丽的星星,最明亮的星星。

2019年3月,高分五号卫星载荷正式交付使用,很快就在一些重大

活动和区域大气环境监测中大显身手，为中国环境监测争得了话语权与应有的尊严和国际地位。

"我们的载荷第一次使用，事实上是在交付用户之前的2018年11月。"说起这次高分五号卫星保障重大活动，司福祺至今仍有些激动。那是为首届中国国际进口博览会（下文简称"进博会"）提供环境大气监测保障。那次保障与以往最大的不同是，在地基监测与机载监测的同时，天基探测及星载探测正式启用。通过卫星遥感观测手段，他们准确获取了上海地区污染物时空分布信息，结合地基、空基观测，为进博会空气质量保障决策提供了科学依据和技术支撑，受到了进博会组委会的表彰。更重要的是，中国天基观测技术与数据第一次向国际公布，极大地震撼了国际环境监测学界，他们认为，中国的环境监测已经形成了立体的、全方位的综合监测体系，地基、空基和天基集成，且在软件算法上有了自主创新技术，这是中国环境监测技术与仪器研发的新的里程碑。

继高分卫星成功发射并运行后，安徽光机所刘文清团队又相继承担了高光谱观测卫星（高分五号02星）、高光谱综合观测卫星、大气环境监测卫星、高精度温室气体综合探测卫星等天基探测项目载荷的研发任务，先后研发各类环境光学监测仪器近20台/套。这些环境光学监测载荷，对中国环境监测全球数据采集和分析并发布"中国数据"起到了重要作用。其中，2022年1月14日的汤加火山喷发所产生的二氧

化硫气团监测,成了中国为世界提供天基探测数据的有力标志。

汤加,太平洋岛国,是一个火山喷发较多的国家。2022年1月14日,汤加火山再度猛烈喷发。中国科学院合肥物质院安徽光机所搭载于高光谱观测卫星上的大气痕量气体差分吸收光谱仪,充分发挥单日覆盖全球的优势,第一时间获取了灾区二氧化硫分布卫星观测资料。大气痕量气体差分吸收光谱仪也是国内目前在轨运行的最高空间分辨率大气痕量气体遥感卫星载荷。其全程观测到本次汤加火山喷发过程中二氧化硫分布及输运过程。观测数据显示,1月14日,汤加火山第一次喷发,二氧化硫集中在火山喷发处上空;1月16日,仪器观测到汤加火山大爆发产生的大范围、高浓度二氧化硫,并随高层气流向西扩散传输;1月17日,二氧化硫气团传输到澳大利亚上空,扩散范围更大,开始影响澳大利亚本土;截至当年1月19日,监测显示二氧化硫气团已扩散至澳大利亚西北部上空,并继续向西移动。一直到当年1月底,仪器持续观测产生了大量数据,通过反演,对汤加火山喷发所产生的二氧化硫气团分布、输运和所产生的污染情况进行了深入分析。这项天基观测成果引起了国际社会的广泛关注。

"我们一直为奥运等重大赛事保驾护航。"刘文清高度欣赏奥运精神,在中国举办奥运会、残奥会、冬奥会、冬残奥会,这是中国的荣光,也是中国崛起与强大的象征。从2008年的北京奥运会,到稍后的残奥会,再到2022年北京冬奥会、冬残奥会,都能看见环境光学监测技术与

设备的身影,能看到它们在运动会场馆及周边区域走航探测。2022年3月11日,生态环境部卫星环境应用中心在一份文件中,对安徽光机所刘文清团队的探测工作给出了如下评价:

自2022年1月20日起,高光谱观测卫星大气痕量气体差分吸收光谱仪载荷,通过获取的大气污染区域分布信息参与支撑2022年北京冬奥会、冬残奥会的空气质量保障工作。

大气痕量气体差分吸收光谱仪由中国科学院合肥物质院安徽光机所研制,可获取紫外到可见波段的高光谱遥感数据。北京冬奥会保障期间,基于该载荷光谱数据,实现了京津冀及周边区域二氧化氮、甲醛等大气污染物数据的逐日推送,最高空间分辨达到12千米×13千米,为北京冬奥会的空气质量保障决策提供了科学依据和技术支撑。

大气痕量差分吸收光谱仪载荷的成功研制,提升了国产卫星大气污染遥感的时空分辨率,打破了以往空气质量保障数据受国外卫星制约的局面。

## 第十四章 奋力"总理基金"项目

2017年3月,国务院总理李克强参加全国人大陕西代表团讨论时,中国科学院院士、中国科学院地球环境所所长周卫健向总理建议,集中多学科科学家攻关"中国北方雾霾的成因及应对"课题。

当年的《政府工作报告》加入一项新任务:设立专项资金,组织相关学科优秀科学家,集中攻关"雾霾形成机理与治理"课题。全国相关领域的2 000多名专家在京津冀及周边地区2+26个城市、汾渭平原11个城市驻点,"一市一策"定点帮扶,另有58个专家团队在沿长江经济带城市驻点研究和开展技术指导。4月26日,国务院常务会议决定,由中央财政安排专项资金,针对京津冀及周边秋、冬季大气重污染成因、重点行业和污染物排放管控技术、居民健

康防护等难题开展攻关,为全国其他重点区域大气污染防治提供经验借鉴。此项目为期2.5年,经费10亿元,名称确定为"大气重污染成因与治理攻关",即"总理基金"项目。

如此重大的项目,涉及面之广,参与专家之多,国家重视程度之高,影响意义之深远,都是历史上从未有过的。从周卫健院士向李克强总理提出建议开始,刘文清就在第一时间获取了信息,他为此激动得一晚上都没睡好。作为中国环境光学监测的开拓者,他和他的团队必须也应该成为"总理基金"项目的参与者与执行者。他愿意在"总理基金"项目的大旗帜下,为中国的环境大气重污染治理做出更多的贡献。

中国科学院高度重视,合肥物质院在刘文清院士的建议之下,成立了"总理基金"项目争取专班。安徽光机所国家环境保护环境光学监测技术重点实验室近二十年来研发或参与研发环境光学监测技术与设备,同时为众多重大活动提供环境监测保障,摸索出了一条中国式的环境光学监测之路,他们从这些方面,向"总理基金"项目牵头单位生态环境部多次提出申请。事实上,作为"总理基金"项目的牵头部门,生态环境部早已经将安徽光机所和刘文清院士团队列入重点参与实施项目行列。在"总理基金"项目中,他们重点攻关"天地空一体化大气环境综合观测实验"课题。

时任合肥物质院副院长的刘建国担任了"总理基金"项目"天地空一体化大气环境综合观测实验"课题的负责人,在刘文清院士的指导

下,他组织了安徽光机所和重点实验室的精干科研人员,通过车载走航、机载观测地基遥感和卫星遥感观测,用了3年左右的时间,建立了针对大气重污染发生-演变-消散全过程核心科学问题的大气传输通道立体观测网。在课题实施的关键节点——2017年到2019年,参加人员中很多人长年奔波在京津冀和其他项目点,一些女研究人员"只好靠视频传达着对孩子的爱"。

课题综合运用大气环境监测网及超级站等观测平台,构建大气重污染过程闭合研究系统,开展边界层气象和大气化学过程的同步观测实验,以评估区域大气污染输送和城市间大气污染的相互传输量,揭示边界层气象和大气污染的演变规律,推动京津冀及周边地区空气质量的持续改善为研究目标。

课题于2017年至2018年、2018年至2019年两年秋、冬季开展天地空一体化大气环境综合观测实验,主要研究内容包括:建立京津冀及周边大气污染传输通道立体监测网络,在东南、西南等污染物输送通道和"2+26"城市之间优化选择,部署地基激光雷达和地基多轴差分吸收光谱设备开展污染输送定点观测实验,重污染时段利用车载激光雷达和车载差分吸收光谱系统、机载遥测设备开展污染物输送界面和输送通量综合立体监测,利用多源卫星开展地面校验和区域输送通量高精度反演分析,构建大气超级观测站,形成针对大气重污染启动-演变-消散全过程核心科学问题的闭合研究系统,获取京津冀及周边大气污染传

输通道多源的关键参数数据集,建立观测数据的多源归一数据质量控制体系和输送通量精确分析方法,开展区域污染输送定量化综合分析。

经过两年的奋战,课题取得了一系列的成果。成果主要集中在下面几个方面。首先,课题构架了京津冀天空地一体化数据同化与综合分析平台,开展了污染物的三维立体同化,与基于模式的三维模拟场不同,这是首次得到了基于立体观测网的污染物立体场。这中间攻克了3项关键技术,建立了网络远程和现场观测分析平台。其次,课题取得的第二项成果是高分辨率、高精度地基和卫星联合遥感监测,课题承担研发的高分五号有效载荷于2018年5月9日正式发射,课题组很快获得了全球的卫星遥感数据,同时开发了业务化的数据反演系统,通过发射前的标定和在轨运行后一系列遥感关键技术的突破,使得大气痕量气体差分吸收光谱仪的遥感结果达到了欧美最新超光谱卫星载荷的同等水平。载荷的关键部件遭到国际禁运,其仪器稳定性与光谱质量同国外最新同类载荷相比尚有一定差距,但是通过一系列关键技术的突破,针对我国复杂大气环境衍生出的遥感科学瓶颈,在"卡脖子"等一系列不利情况下,最终使大气痕量气体差分吸收光谱仪的遥感结果达到了欧美最新超光谱卫星载荷的同等水平,增强了我国独立自主研发超光谱环境卫星的信心。

2020年5月15日,生态环境部举行新闻发布会,就"总理基金"项目进行总结通报,其中重点提到安徽光机所刘文清、刘建国团队"天地空

一体化大气环境综合观测实验"，认为其有三大亮点：第一，建成了高分辨率的污染物综合立体监测网。课题中涉及的地基组网、车载走航和卫星遥感等观测平台数据均具有当前最高的时空分辨率，其中地基大气污染立体观测网数据和车载走航观测相关数据的时间分辨率均为秒级-分钟级，空间分辨率为米级；卫星遥感数据的空间分辨率也达到了千米级。第二，立体观测技术及设备完全自主研发。课题中所用的全部技术与设备均为自主研发，其中，卫星遥感数据均来源于由中国科学院合肥物质院安徽光机所自主研发的3个高分五号载荷，包括用于大气环境探测的3台主要载荷大气痕量气体差分吸收光谱仪、大气主要温室气体监测仪和大气气溶胶多角度偏振成像仪。与臭氧监测仪和对流层监测仪光谱仪相比，高分五号搭载的大气痕量气体差分吸收光谱仪遥感数据具有光谱分辨率更高和覆盖范围大的优点，能够提供重污染过程中的高分辨率的气溶胶光学厚度、二氧化硫、二氧化氮和甲醛观测结果。用于区域组网和走航观测的地基、车载激光雷达和地基多轴差分吸收光谱等设备的硬件和系统也是自主研发的，不依赖于国外方法，且性能表现优于国外，具有自主产权。对应的卫星遥感算法、激光雷达反演算法和地基多轴差分吸收光谱反演算法等也全部依靠自主研发。自主研发设备与其他观测仪器的对比和应用结果均表明，自主研发的技术设备与反演算法的反演结果与同类仪器相比具有较高的一致性且更适用于国内高气溶胶的现状。第三，构建以高质量质控为保障

的大气超级观测站网络。以北京为中心,在京津冀3条主要大气污染传输通道上建立了6个大气成分超级观测站,在2017年至2018年、2018年至2019年秋、冬季,对影响大气氧化性和颗粒物爆发性增长的关键理化参数进行了6个月的连续观测,观测规模和强度均为历年之最,结合对大气超级观测站观测质控体系的完善和构建观测数据集成分析平台,为从微观层面了解大气重污染成因提供高质量数据支撑。

2021年5月,安徽光机所参与"总理基金"项目"天地空一体化大气环境综合实验"课题的科学家们收到了国家相关部门发来的感谢函。刘文清对此做了精辟总结:"能参与'总理基金'项目,是安徽光机所和我们团队这些年立足自主创新、开拓中国环境光学监测之路的最大荣誉。我们通过'天地空一体化大气环境观测综合实验'课题研究与实施,构建了立体参数最全的监测系统。该监测网络为我国最大的研究型立体观测网络,覆盖范围最大、组网立体设备最多、连续观测时间最长,涵盖了颗粒物、臭氧及其前体物等气态污染物、环境气象参数的研究型立体监测网络,为评估区域大气污染输送和城市间大气污染的相互传输量,揭示边界层气象和大气污染的演变规律,推动京津冀及周边地区空气质量的持续改善提供了重要数据支撑。"

与此同时,实施了近3年的"总理基金"项目也取得了令人瞩目的巨大成果。经过持续3年的不懈努力,2 000多名科学家和科研人员已基本弄清了京津冀及周边地区秋、冬季以PM2.5为特征的大气重污染

成因。专家团队开展"一市一策"驻点研究,"边研究、边产出、边应用",同时定量解析污染排放、气象条件、化学转化对大气重污染的影响,并形成科学共识,为全国城市空气质量持续改善提供有力科技支撑。"总理基金"项目基于基础数据分析,建立了健康和效益的评估模型,采用了流行病学和试验组学的技术,定量评估了大气颗粒物污染对健康的影响及环境空气质量改善对人群健康的影响。调查分析表明,公众对空气质量改善的满意度是逐渐增加的。攻关项目一开始就提出了成本最优的多污染物减排目标,以及行业和空间的分配方案,特别是基于环保绩效提出差异化管控技术的要求,在减少重污染天气的同时,推动了行业转型升级和高质量发展,还通过实施联合攻关,避免了重复性的观测和大型仪器重复性购置等问题。以2019年为例,当年全国环境空气质量改善稳中有进。2020年1月至4月,全国337个城市空气平均优良天数比例为84.8%,同比上升5.0个百分点;全国重污染天数比例2.6%,同比下降1.0个百分点;全国PM2.5浓度为42微克/立方米,同比下降12.5%;全国PM10浓度为65微克/立方米,同比下降17.7%。

"总理基金"项目只是中国环境大气天地空一体化综合观测实验的开始,观测实验任重道远。作为安徽光机所学术所长的刘文清院士,在大大小小的会议上反复强调,我国部分地区仍面临着PM2.5浓度较高、臭氧污染问题凸显、结构调整难度较大等挑战。挥发性有机物排放量大、臭氧污染防治压力大、部分城市环境空气质量改善进展滞后等,都

将是中国环境监测科学界所面对的难题。

"苟利国家生死以，岂因祸福趋避之。"刘文清院士觉得人生必须有大格局、高境界，而最大的格局和最高的境界就是家国情怀。他满怀深情地说："能为中国的环境监测事业做点事，是幸福的。否则，人生有什么意义呢？"

## 第十五章 战"疫"——为大气做"CT"

这是所有春天里同样的春天，

这又是所有春天里最不同的春天。

当江水拍打着城市的堤岸，

那疯狂的病毒，却盛开并覆盖城市的喧嚣。

城市静了，门关了。

有人慷慨奔赴，有人点燃春天。

有人正从四面八方赶来……

这是写于2020年春天的诗歌，主题是武汉抗"疫"中全国各地对武汉的空前支援。诗中写到武汉三镇在极其危急的疫情下，不得不采取封城等措施时，全国力量奔赴武汉，火线救援，为武汉的春天写下了最为浓墨重彩的爱之华章。而诗中所写的"有人慷慨奔赴，有人点燃春天。/有

人正从四面八方赶来……",这慷慨奔赴、从四面八方赶来的人群中,就有来自科学岛的科技工作者的身影。而走在这些身影最前面的,正是已经年届七旬的著名环境科学家、中国工程院院士刘文清。

"刘院士,您快七十了,为什么还要亲自去武汉一线呢?"当时在武汉,就有记者问刘文清院士,院士回答得十分干脆:"我是科学家,这儿正需要我。我曾经说搞大气监测,就是给大气做'CT'。我这就是来给武汉的大气做'CT'。另外,我也不能让年轻人独自深入险境啊。医生都去救人了,我也要去做力所能及的事情。"

话语朴素、坚定,却饱含深情,这正是一个献身祖国的科学家的真实写照。当疫情刚刚在武汉暴发时,刘文清就敏锐地察觉到,应对武汉疫情,不仅是医疗系统的事,还是一个更大的系统工程,包括城市供应、物资、安全等,都必须跟上。而其中,对疫情区域大气环境的监测,也必须高度重视。他叮嘱团队随时做好准备,他说环境监测就是给大气做"CT",现在,救人的医生去了武汉,诊治大气的环境监测工作者,也不能缺失。

果然,疫情发生不到一周,中国科学院合肥物质院安徽光机所就接到了"出征"武汉的命令。这场突如其来的疫情,牵动着中央和全国人民的心。中央在统一调度武汉疫情防控时,充分考虑了大气环境因素对疫情防控所具有的重要意义。为此,中国工程院紧急成立了新冠病毒疫情环境风险防控攻关项目组。作为中国工程院院士和著名环境学

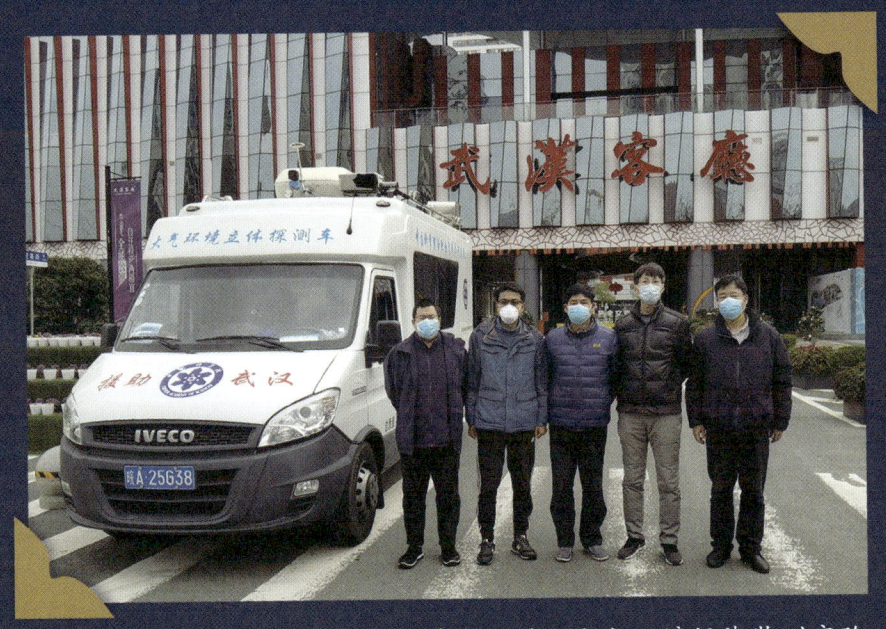

2020年2月,在武汉疫情期间进行大气环境污染监测实验

家的刘文清,被委以重任:尽快组建武汉大气环境立体探测实验室,改装疫区大气环境立体探测实验车,对武汉定点医院、方舱医院、隔离点、社区等,开展走航观测实验,获取第一手大气环境要素时空分布数据,为武汉的疫情防控和病患救治提供科学的决策支撑。

"这不同于以往任何一次外场试验,这关系到抗'疫'的成败,关系到人民的安危,我们只有迎难而上,千万不能回避、逃避。我们必须干好,干得让中央放心,让人民放心。"在"出征"武汉的动员会上,刘文清心情沉重,然而话语却铿锵有力。头天晚上,他把将要"出征"武汉的消息告诉了家人。一向支持他工作的老伴儿,这回却反对了。反对的理由十分正常:刘文清已经不是年轻人了。刘文清笑着解释说:"我虽然年龄上不再年轻,但对于一个科学家来说,我依然年轻。"老伴儿知道他的个性,一旦决定了的事,九头牛也拉不回来,何况是去武汉抗"疫"这样重大的事情? 老伴儿只好反复叮嘱,儿子也专门给他提了几点要求,主要就是在工作之中,一定要注意自我保护。儿子刘诚是中国科大的教授,两年前刚从海外归来。奇妙的是,儿子和他都是从中国科大毕业的,现在,他们又在环境光学监测科学上有着交集。安徽光机所环境光学团队使用的大量的算法软件,都是刘诚和他的团队研发出来的。古人说,"上阵父子兵",刘文清从来也不曾想到,他们父子会在中国环境监测这一科学领域相遇,并且并肩奋斗。

刘文清对于老伴儿和儿子的叮嘱,点头表示全部接受,只是他心里

也悄悄地做了些准备,疫情毕竟特殊,且正处于暴发状态,任何突发状况都会有,任何意外也都可能有。他瞒着老伴儿和儿子,跟两个可爱的孙女视频聊天。两个孙女都很高兴,平时爱着她们的爷爷可是个大忙人,抽出时间来和她们视频,可真是件稀罕事。他看着笑靥如花的孙女,更觉得这次"出征"压力巨大,同时也意义巨大。因此,在动员会上,他一再强调:"大家一定要做好自我防护,只有我们在,环境监测才会持续下去,疫情区域才能因我们的数据,做出正确而及时的防控决策。"

为了使走航观测效果更好,更加精准,为了武汉人民的生命安全,刘文清带领团队成员,日夜加班,改装正压试验车。车上配备了7套大气环境立体探测设备,包括气溶胶和臭氧探测激光雷达、高分辨便携式质子转移反应质谱仪、气溶胶粒径谱仪、高光谱大气成分扫描分析仪等,可以实现从地面到5千米高度大气气溶胶的实时探测,能对230余种挥发性有机物进行秒级快速监测,特别可对武汉地区的气溶胶、二氧化氮、二氧化硫、甲醛、臭氧等进行连续观测,同时结合卫星遥感观测,重点评估疫情发生前后武汉市污染物的变化特征。这7套设备都是安徽光机所刘文清院士团队攻关研发的,具有完全自主知识产权。事实证明,这些拥有完全自主知识产权的设备,在这次抗"疫"环境监测中大显身手,其性能、指标和数据分析能力,完全能与国外同类先进设备媲美。

疫情之初,大气中病毒载量大、传播速度快。刘文清院士率实验室

一行6人，每天身穿防护服、戴着大口罩，在武汉定点医院、方舱、小区和重要区域走航探测。要说他们一点不惧怕，那是假的。但他们都认识到，这是国家和人民需要他们的时候，不能因为畏难而退缩。科学地做好防护，精心地做好探测，这是职责所在，也是初心所在。他们通过走航观测，跟踪捕捉大气环境的差异，判断污染物的变化。当时，社会上曾一度流传定点方舱医院气溶胶泄露。刘文清团队深入方舱医院周边，并结合外部探测，通过数据分析得出结论：虽然医院患者的呼吸、咳嗽，会使呼出气体中的病毒附着在气溶胶上，但不管是雷神山医院，还是火神山医院，或是其他方舱医院，病房负压系统工作都正常，均未发现气溶胶异常泄露的情况。这一分析结论，总算让人们紧绷的心弦松了下来。

前后20多天，刘文清一直与团队成员们一道战斗在抗"疫"一线，有时候，年轻的队员们也劝他回去休息，但他总是拒绝。他说："你们这样年轻，都能冲在一线。我都快七十了，我怎么能放心？"团队走航探测，获得了疫区内重要场所的新型冠状病毒、大气气溶胶、消毒剂挥发气体、有毒有害气体、环境空气质量和气象要素的时空分布与扩散传输特征，为判断病毒在空气中通过气溶胶传播引起的暴露风险、找出大气环境质量与病毒之间的响应关系、控制消毒效果与副作用等，提供了大量的科学依据。

2020年7月，中国方正出版社出版了由中央纪委国家监委新闻传

在武汉抗"疫"一线的刘文清团队

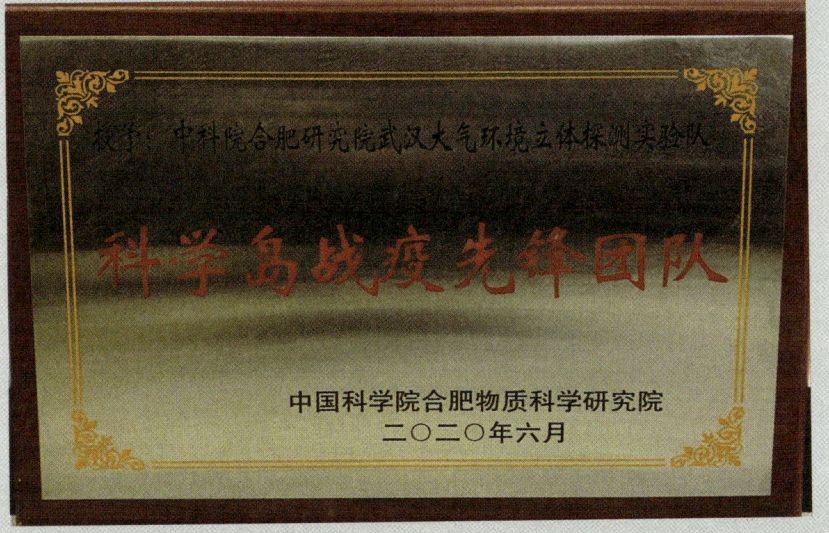

刘文清团队获得的荣誉

播中心编辑的《院士战"疫"》一书,书中系统介绍了10位院士参与武汉战"疫"的事迹。其中采写刘文清院士的文章题目就是《给大气做"CT"的人》,后面同时配发了记者的采访手记《"我有自己的家国情怀"》。在采访中,刘文清回忆抗"疫"探测,说:"我们开展的车载走航观测,较传统的国控点、省站观测,针对性更强,可以直接到定点医院、方舱医院附近去在线采样分析。这种形式的观测,能够获得重要场点周边的第一手信息,而且可以获取从地面到高空的大气环境空间分布数据,更加有效地分析气溶胶和污染气体扩散情况。"在谈到自主知识产权设备与环境光学监测时,他如数家珍,说:"我们的设备可以进行立体垂直探测,这样就可以知道光路上不同高度污染物的成分和含量,就如同给大气做一个CT扫描,比如说50米、100米,甚至几千米、几十千米,在这个层面上,它的污染物是怎样分布的、怎么输送的。目前,包括在卫星平台上对大气环境监测基本上用的都是用光学技术,靠光的散射反射来区分污染物。"

记者的采访手记完整地记录了刘文清的一段心灵独白:"当时我就想让我在国外学到的东西在我们自己的实验室里开花结果。我从希腊回来之前,我导师跟我说,你回去看看你母亲,然后回来。我回来之后就没再回去,我选择回国发展,首先我要说中国话,尽管外国话我说得很好,但我不想一辈子说外国话,我有自己的家国情怀。"

正是这份家国情怀,让刘文清这个年近七旬的院士,冒着极大的风

险,战斗在武汉的疫情之中。"这是所有春天里同样的春天",这也是所有为了抗"疫"而付出艰辛劳动的奉献者的春天。武汉不会忘记,在2020年的春天,一支来自科学岛的6人队伍,为了战"疫"走航探测,日夜战斗。中国也不会忘记,正是有着数不清的像刘文清院士及其实验室成员的慷慨奔赴,我们才最终迎来战"疫"胜利后真正的春暖花开!

# 第十六章　深耕产业化

　　在科学岛上,刘文清是一个言辞不多但却犀利的人。平时,如果有人来安徽光机所环境监测技术重点实验室参观或者考察,他讲述最多的是3个内容:一是对环境监测科学的考量,二是对人才的培养,至于第三,那是他讲得最细致也最用心的地方——环境光学监测设备产业化。

　　"一个人从30岁开始做科研,做到60岁,总共30年,一个国家项目要做3年,做10个国家项目就退休了,那么你给社会留下些什么东西呢?哪怕你能够有一个项目实现转化,变成给企业带来经济价值的产品,你就可以说,这是我开发出来的,这样你才会有真正的成就感!"刘文清如是说。这话听起来极为简单,然而,对于一个科技工作者,从事科研工作,无论是开创新领域、发展新技术,还是研发新设

备,都绝非易事,不可能一蹴而就,关键是要有"给社会留下什么"的思考,是要有项目转让、实现产业化的雄心。

从20世纪90年代末进入环境光学监测领域开始,刘文清便长期致力于空气质量监测,并把光谱学成功应用于环境监测,开展了环境光学监测技术方法创新研究,研发了系列环境监测设备并实现产业化,系统集成了大气污染立体监测技术并进行应用示范,开拓了我国环境光学监测技术新领域。他常常用一句话勉励团队伙伴:"科技成果能否转化成功,主要还是看科技人员的良心和社会责任心。"

良心与社会责任心,正是这"二心",支撑着一个科学家和一个科学研究团队,不断研究新技术,不断研发新设备,不断推进设备产业化。算起来,从他们当年研发点式二氧化硫探测仪开始,至今已经二十年了。这二十年内,仅仅由安徽光机所环境监测技术重点实验室刘文清团队研发出来并进入产业化的环境监测设备,就有近一百种,其中百分之六十以上成为国家"863"重点项目产品、国家重大科研设备项目重点产品、"总理基金"项目重点产品、省部级项目支持重点产品……

"在科研设备产业化的道路上,我们吃过'螃蟹',也尝过喜悦。"团队的伙伴们都记得他们一开始研发设备的感受,一个纯技术单位要向市场推广自己的产品,既有知识分子磨不开面子的尴尬,也有推广过程中的艰辛和各种突发状况。这些刘建国碰到过,阚瑞峰碰到过,张天舒碰到过,徐亮碰到过……几乎所有的研发团队成员都碰到过。第一次

2015年，刘文清在实验室调试研制的挥发性有机污染物监测设备

碰到,他们会手足无措,甚至叹气,但碰到的多了,他们便有了处理的方法。而等他们的产品成为环境监测设备市场占有份额最大的产品时,他们真正感谢的是第一次的碰壁,是刘文清坚持要走产业化之路的苦心。

多年来,在环境监测技术领域,安徽光机所已经实现了一系列的成果转化:差分吸收光谱空气质量自动监测系统、紫外差分烟道在线监测系统、机动车尾气遥测系统、红外激光偏振雷达系统、大气环境立体监测系统……这一个个技术、一件件产品,成了中国环境监测设备的主力。到2022年年底,据估计,全国环境监测子站和重点园区、企业等使用的环境监测设备中,国产化率在90%以上,其中出自安徽光机所刘文清团队的技术转化产品占一半以上,甚至在南极、北极、珠穆朗玛峰、深海,都安装有团队研发的多种监测仪器。这些仪器长年工作,连续运转,为环境监测提供着源源不断的数据。而在设备产业化的同时,刘文清团队开发的数据分析软件也走在同行业的前列,达到了国际先进水平。"我们有一支自己培养的算法研究人才队伍,同时,我们又同中国科大合作,开发算法软件。没有算法软件的加持,设备产业化就不可能实现。设备动不了,测出的数据分析不了,设备的功能就无法正常发挥。"刘文清粗略地统计了一下,团队自主开发的环境监测设备算法软件著作权登记近300项,中国科大承担的算法软件开发项目也有数十项。针对太空环境下卫星载荷光谱形变、波长漂移等关键问题,他们研发了

在轨超光谱实时定标算法,为发射后无法重回实验室定标的卫星载荷提供了长期稳定观测的基础。同时,中国科大团队还研发了国产超光谱卫星多组分气体反演算法,国际超光谱卫星的反演算法,成功实现了千米级分辨率的乙二醛卫星遥感,在美国国家航天局或欧洲航天局官网发布之前,率先实现了高分辨率对流层监测仪(TROPOMI)臭氧垂直廓线反演。这些庞大的软件知识产权助推了国产环境监测设备的专业化、系列化、高端化、产业化。

刘文清曾经是一名优秀的技术工人,他在蚌埠的工厂里当了5年钳工,对技术和产品着迷。他深知技术与产品之间互相依存的关系。团队每有新设备研发成功,他都坚持要让新设备进入市场。"市场是检验设备行不行的最高标准。"从21世纪之初与武汉等地的企业合作开始,到与安徽三佳电子共同发起成立安徽蓝盾光电,再到安徽宝龙、中科光电,一路走来,团队拿出的是靠得住的技术与设计,企业拿出的是精益求精的优质产品。"让企业成为环境科技创新的主体,与企业建立长效合作机制,坚持走产学研结合的产业化道路,要与有实力的企业合作,注重优势互补、强强联合。"这正是安徽光机所多年来遵循的产业化之路,如今看来,这条路不仅走通了,且走顺了,走宽了,走出了一条光明大道,一条双赢大道,一条造福社会的大道。

"现在,我们设备产业化的年产值超过了20亿元。"刘文清喜欢抿着咖啡,慢慢地说出这一动人的数字。如果认真地算下来,二十年来,

安徽光机所刘文清团队创造的环境光学监测设备系列产值已超过人民币150亿元。这不单纯是数字，更是中国自主知识产权环境监测仪器设备成长的轨迹。在这些数字的背后，给国民经济、人民安全、防灾减灾、减少碳排放等带来的效益，是难以统计的。"如果没有自主创新，没有仪器设备的国产化、产业化，我们还得依靠进口。每年的花费就有20亿元人民币，换算成美元也是三四个亿，这不是一个小数字啊！"

刘文清为此有些自豪，他这笔账算得清楚且细致，其实，他还有一笔账没算，那就是近些年来，随着中国自主创新水平的提高，部分中国自主知识产权环境光学监测仪器设备已经开始出口到世界其他国家，成为国际环境监测领域的"黑马"，极大地改变了国际环境监测仪器设备市场格局，为中国争回了"制造强国"的声誉。

"产业化首先要专业化，其次是系列化。"刘文清的观点，在安徽光机所里得到了全票赞成。司福祺、张天舒，还有徐亮他们，每个人手上都有一整套的专业化的产业开放规划，仅张天舒的激光雷达这一块，一年的产业化产值就有人民币2 000多万元。作为安徽光机所环境光学中心支部书记，张天舒话语不多，言语朴实。他说他静下来的时候，脑子里都是激光雷达那美丽的光柱，他甚至会改写诗人李白的诗句："相看两不厌，唯有激光美！"

深耕环境监测仪器设备产业化，使安徽光机所大气环境监测团队的足迹随着他们的系列化产品，遍布大江南北。除环境大气的地基、空

基和天基探测外,应用于特殊场境的环境污染物探测,也同样在产业化道路上走出了特色、形成了规模。

2022年9月15日至21日,全国大众创业万众创新活动周(下文简称"双创周")系列活动在安徽合肥举办。在双创周的"2022中国科学院创客之夜(合肥)"活动上,现场路演发布了安徽光机所环境光学中心赵南京等的科研产品——便携式/移动式土壤重金属激光诱导击穿光谱现场监测仪。随着我国工业化进程的推进,土壤重金属、有机污染物污染日益严重,给工农业生产及居民健康造成了隐患,对土壤污染进行有效监测是土壤治理修复的基础,建设国家土壤质量监测网络是国家掌握土壤污染状况、开展土壤治理修复工作的前提,是我国在生态环境保护领域的战略需求。土壤的监测工作耗资多、耗时长、处理过程复杂。赵南京研制的土壤重金属监测产品能够满足我国土壤环境质量监测需求,显著提升我国土壤环境监测能力,推动我国环境监测技术的发展与环境监测技术体系的建立,支撑我国土壤质量监测网络建设,且具有广阔的市场空间、产生较大的经济效益,目前已分别完成重金属和石油烃类污染物快速检测工程样机的研制。

便携式/移动式土壤重金属现场监测仪已在铜陵、亳州等地,针对矿区及农耕地表层土壤(10～20厘米深)进行了现场检测,利用激光诱导击穿光谱技术快速获取了检测区域土壤重金属含量分布,为土壤调查提供了可靠数据,以及为土壤的下一步综合治理及作物种植等指明

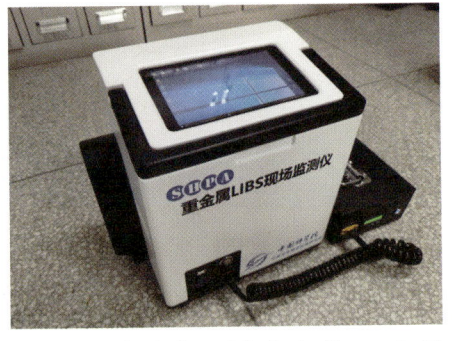

便携式/移动式土壤重金属LIBS现场监测仪

了科学方向。研究表明，激光诱导击穿光谱技术和设备可实现土壤重金属相对含量的快速检测分析，实现分析区域内铬元素含量的快速筛查，为重金属的污染治理提供一定的数据支持。

工业排放废水中的重金属引起水体污染的情况日趋严重，污染事件频发，造成污染的有铬、镉、镍、铅等毒性较强的重金属，以及铜、钴、锌等一般毒性的重金属等。据统计，我国有18.4%的城市河段镉含量超过三类水质标准，铅含量超比则达25%，居民生活用水受到严重安全威胁。虽然在2011年国务院批复了《重金属污染综合防治"十二五"规划》，但目前形势依然严峻。作为环境监测的技术开发与仪器设备产业化集成重镇的安徽光机所，在刘文清团队的连续多年攻关下，对水体重金属污染创新设计了一整套科学的检测方法。刘文清团队在原来单纯的激光诱导击穿光谱设备的基础上，进行改进，采用石墨基底蒸干富集法实现样液固化。因为石墨具有耐高温、导热性好、化学性质稳定等特点，且光谱图像较为纯净，所以是一种理想的富集基质。2017年10月，该设备在某工业城市对某工矿企业排

放的废水进行了现场检测。检测期间,白天每隔15分钟进行一次检测,每隔30分钟同步采集一份废水样品并留存;夜间则每隔1小时进行一次检测,夜晚检测期间无人值守。在整个连续在线监测期间,仪器运行稳定正常,其间共获得141组光谱数据,通过计算分析,在141组检测结果中,铜元素浓度的平均值为10.76纳克/克,锌元素浓度的平均值为16.75纳克/克;研究人员将现场同步取样的35份废水样品的激光诱导击穿光谱在线检测结果与上述离线检测结果对比分析,发现其具有较好的一致性。

"只要与环境相关,就是我们技术研发和仪器设备产业化的范围。在大气环境污染检测、工业园区监测、土壤、水体重金属快速检测等方面,我们都有成熟的技术和具有完全自主知识产权的系列产品。而在深海水质探测、特殊环境探测上,我们也已经起步。同时,我们的产业化成果还大量地在军事领域应用,为国防工业现代化出力。"刘文清院士又提起他经常讲的一个比喻:"企业最好买只鸡回去就能下蛋,不能拿那些还不成熟的科技成果卖给他们,实验室的科技成果是一回事,市场上的产品是另一回事,我们要积极寻找成果转化的途径。"

这真是一个好比喻,诙谐、简洁、传神,却让人听之不忘,且充满想象的空间……

第十七章　人才是第一生产力

　　秋天的科学岛,弥漫着果实的香味。那些树木、野花,还有隐藏在树林之中,或者靠近蜀山湖的堤岸上的其他各种植物,都将果实奉献了出来。小松鼠会在林间穿梭,它们忙着为漫长的冬天储存食粮;鸟儿在枝头跳跃,丰富多样的果实让它们应接不暇。而岛上的科学家,则喜欢在果实的香味中散步、思考、讨论。或者,正如刘文清院士一样,喜欢端一杯咖啡,望着窗外那些透着果实香味的树木,还有高远的蓝色天空,天空中飘浮的白色云朵……这是一年中最惬意的时候,是收获的时候,是让人静下来、慢下来,回味和品尝喜悦的时候。

　　刘文清穿着灰色的夹克衫,品着咖啡,同时不断地在手机上回复各种信息。手停下来时,他一抬头,脸上的皱

纹便无声地诉说着近七十年的岁月沧桑。虽然快七十了,但他并不显得衰老,反而行动利索、思维敏捷,更重要的是,他的创新意识一点也不曾减弱。"我这一辈子都是在创新之中度过的。"他经常以此来勉励学生们,他跟学生说当初从工厂到大学,从大学到安徽光机所,再到国外,后来又坚持要回国从事大气环境光学监测的整个历程。他说:"当时成立中国科学院重点实验室这个平台,就是希望能聚集人才,做国家需要做的事情。这还是需要家国情怀的。"家国情怀确实必不可少。如果没有,他当年或许就真的留在希腊了,或者留在日本千叶大学了;如果没有,他不可能多年坚守在安徽光机所环境光学监测这个平台上,外面的天地对于他来说,相当宽广,只要他愿意,他有一万个可选择的机会。可是他只选择了安徽光机所,选择了中国自主创新环境光学监测技术攻关这一条路……这就是科学家的情怀啊,这种情怀,虽然深藏于心,但却如同春雨,如同甘露,一点一滴地滋润着与他同行的伙伴与学生们。安徽光机所刘文清团队,也因此成了一个培养环境光学监测科学人才的摇篮。

"二十年来,我们培养的硕士、博士等各种人才,有近三百位。"刘文清想起当初选择自主创新创业时,团队还不足十个人,核心成员也就五六个。他一一地说出了团队核心成员的名字,他说:"没有他们,就没有团队的今天,也就没有我们的事业。往大一点说,没有他们,也可能中国环境光学监测科学发展的进程会延缓。我时常想着他们,真的感谢

他们!"

这个他们,是——

刘建国

刘建国,男,中国科学院合肥物质院院长、研究员、博士生导师,国家"万人计划"科技创新领军人才。1991年毕业于西北师范大学物理系,分别于1994年和1999年在中国科学院安徽光机所获光学专业理学硕士和博士学位。现任中国科学院环境光学与技术重点实验室主任,中国环境科学学会常务理事,中国光学工程学会常务理事。从事环境污染光学监测新技术研究和光学遥感监测技术研究,多次主持国家重点研发计划项目、"863"计划项目、国家自然基金、中国科学院创新等项目,已获130多项专利授权,发表论文200余篇。2007年获国务院政府特殊津贴,2008年获得"科技奥运先进个人"荣誉称号,2011年荣获第12届"安徽青年科技奖",2013年入选中央组织部"万人计划"科技创新领军人才。曾获国家科学技术进步奖二等奖4项、省部级科学技术奖一等奖6项、2019年度中国航天贡献奖、2020年度安徽省重大科技成就奖。

谢品华,女,博士,研究员,博士生导师,现任中国科学院

安徽光机所党委书记、副所长。主要从事环境高灵敏光谱探测技术、光学遥感及其在区域大气污染监测中的应用工作。毕业于合肥工业大学(本科),于中国科学院安徽光机所获光学博士学位,曾在德国海德堡大学、日本千叶大学和德国马普化学所做高级访问学者。承担多个国家"863"项目、国家自然科学基金项目、中国科学院先导专项和国际合作项目,有25项科技鉴定成果,获16项发明专利授权,在国内外学术期刊上发表SCI论文100多篇。获国家科学技术进步奖二等奖2项,国家环境保护科学技术奖一等奖1项,安徽省科学技术奖一等奖2项,中国专利优秀奖;获安徽省"青年科技奖","中国科学院十大杰出妇女"提名奖,入选安徽省技术领军人才,第29届奥运会科学技术委员会授予的"奥运科技先进个人"和"全国三八红旗手"等荣誉。

魏庆农,男,中国科学院合肥物质院研究员、博士生导师,中国科大客座教授。1978年毕业于中国科大近代物理系,曾任安徽光机所

谢品华

魏庆农

环境光学监测研究室主任,安徽省环境光学监测技术重点实验室副主任,获国家科学技术进步奖二等奖等荣誉。

张玉钧,男,博士,研究员,博士生导师。1985年毕业于解放军电子工程学院雷达工程专业,1991年于西安电子科技大学获电子工程硕士学位,2000年于中国科学院研究生院获光学博士学位。1985—1997年在电子工程学院任助教、讲师,1997年进入中国科学院安徽光机所环境光学中心工作。多次承担中国科学院知识创新工程重要方向项目、国家重大科学仪器开发专项等研究工作。在激光吸收光谱检测技术和系统研制方面进行了深入的研究,研发了基于可调谐半导体激光吸收光谱技术的温室气体在线监测系统、红外激光光谱气体在线分析仪、开放光程氨气排放监测系统、工业有毒废气激光在线监测系统等工农业现场激光吸收光谱监测仪器,部分产品实现了产业化。发表论文40余篇,授权国家发明专利8项,获国家环境保护科学技术奖二等奖1项、省部级科技进步奖一等奖3项、省部级科技进步奖二等奖2项。

陆亦怀,男,毕业于合肥工业大学,中国科学院合肥物质

院研究员、博士生导师，2010年任安徽光机所光散射实验室主任，主要从事环境污染光学监测新技术、目标特性及遥感监测技术研究。

陆亦怀

不忘初心，方得始终。刘文清核心团队从一开始的十个人到二十几个人，发展到现在已经近百人，最大的变化是研究领域和方向更加广阔，应用更广，产业链更长，而最大的不变则是团队坚持的创新与团结。"创新是科学研究的灵魂，团结是凝心聚力做成事的根本。"刘文清对此深有体会，对于人才，他坚信人才是第一生产力，没有人才，一切都无从谈起。科学岛是个人才聚集的地方，刘文清经常拿蜀山湖做比喻："水活了，鱼才能成长；没有鱼，湖水就失去了生机和活力。"年轻人考到了安徽光机所，他总是笑着欢迎，请他们喝咖啡，而一旦有人才要离开到别的岗位，他则充分理解，临走时，总是谆谆嘱托："无论什么岗位，不管哪个地方，好好干，干出事业来，都有意义。"二十年来，他的团队培养的人才遍布全国，有的甚至到了海外。他关注每一个走出安徽光机所的人才，说："毕竟是从岛上出去的，毕竟为我们的团队做过贡献，就像孩子一样，走到哪里，都必须去关注他、鼓励他。"

对于人才的培养和使用，刘文清有一套与别人不同的方法——"英雄不论出身，只论能力"，放手让人才去干。干成了，是他们的成绩；干不成，是团队的经验。2017年前后，实验室几位刚入职的博士看中了高分辨率傅里叶观测网络这一新兴方向，但一开始他们并没有申请到项目支持。刘文清和实验室的领导们一合计，决定给这些年轻博士机会，安排他们出去学习，前期投入资金，让他们购买设备。研究进入关键时刻，刘文清又专门邀请国际专家来进行交流，让年轻的博士们学习国际傅里叶观测网络仪器的观测规范。如今，该观测已成为全球大气成分探测网中唯一的中国站点，同时也得到了国家相关项目的支持。

司福祺，男，博士，研究员，博士生导师。2000年毕业于安徽大学，2003年在中国科学院安徽光机所获光学专业理学硕士学位，2006年在中国科学院安徽光机所获光学专业理学博士学位。曾在日本千叶大学、德国海德堡大学开展研究工作，是我国第一台星载大气污染气体监测载荷的主任设计师，多次承担和参加民用航天、航空大气痕量气体探测载荷研制、国家"863"计划、国家自然科学基金、中国科学院

知识创新工程等项目。曾获国家科学技术进步奖二等奖1项、安徽省科学技术奖一等奖2项和国家环境保护科学技术奖一等奖、二等奖各1项。

司福祺今年45岁,2012年被聘为研究员,是团队培养的优秀青年科学家。他是被动差分吸收光谱技术由地基、机载到星载发展的主要负责人之一。伴随着环境光学中心的成长,他见证了它由弱到强的发展历程。

在刘文清院士的领导下,司福祺成功研发出多轴差分吸收光谱仪,可用于区域污染监测及卫星校验。他还左右开弓,同步开展与机载、星载相关的环境光学技术设备研究。该工作始于"863"对地观测与导航领域的前沿导向类课题"机载差分吸收光谱技术与系统",这既是他获得的第一个国家项目,也是目前安徽光机所承担机载、星载任务的技术起点。

作为主任设计师,司福祺承担国家重大科技基础设施项目"差分吸收光谱仪子系统"的研发,"明知山有虎,偏向虎山行",他成功实现了机载平台对区域大气成分分布的高灵敏成像探测。2013年年初,该技术设备在天津、唐山进行飞行试验,获取的数据已在天津市环境监测中心得到应用,取得了良好的社会效益,并于2014年5月通过了安徽省的科技成果鉴定。

"我们的考核方式是十分科学的,尤其体现在职称评聘过程中。"司

福祺作为进所较早的安徽光机所自己培养的研究员,他目睹了一批批人才的成长。有一些人才,因为承担工程设计等,无文章、无专利、无项目(下文简称"三无")。刘文清言辞恳切:"没有承担工程的人才,我们这些纯粹做技术的,就少了一条走得远的腿。他们应该得到我们这些做技术的格外的尊重。"在职称评聘上,一视同仁。一些"三无"人员评上了副研究员,这极大地调动了人才的积极性,"让年轻人看到,只要工作做得好,就会得到认可。"

如今,安徽光机所刘文清团队中的博士比例超过了90%,其中自主培养的人员占到一半。这些人才当中,有的走上了所中层领导的岗位,独当一面,成为科研的主力;有的潜心研究,在同领域研究中处于前列。

张天舒

张天舒,男,博士,研究员,博士生导师。2006—2007年赴澳大利亚Wollongong大学从事污染气体排放通量监测技术研究,多年来一直从事大气污染时空分布与传输监测技术和方法的研究,发展了多平台、系列化的大气污染立体监测技术体系,成功研制并产业化了颗粒物、臭氧、水汽、温度等多平台(地基、车载、船载、机载)系列化(环境、气象、军用)激光雷

达装备,综合获取了我国大气污染物和环境气象要素的时空分布和输送特征,推动了我国环境监测网络从地面向空间立体发展。研发的多项立体探测设备已在环境监测和气象行业推广,装备100余个省、市级业务部门,建立了覆盖京津冀、珠三角等地的激光雷达观测网络,长期为中国环境监测总站提供区域污染输送监测的技术和数据支撑,并在北京冬奥会、武汉军运会、金砖五国峰会、杭州G20(20国集团)等国家重大赛事及2020年武汉疫情期间空气质量保障工作中发挥了重要作用。主持承担了国家重点研发计划、中国科学院战略性先导科技专项、科技部重点领域创新团队、国家自然科学基金、总装目标特性项目、环保公益专项、青藏高原二次科考、南北极科考等科研项目和课题等20余项,在国内外知名刊物上发表论文40余篇,申请发明专利10余项,获得安徽省级科技成果2项,2011年度获安徽省科技进步奖一等奖1项;2012年度"大气环境综合立体监测技术研发、系统应用及设备产业化"成果获国家科学技术进步奖二等奖。

2010年,张天舒成为副研究员,第一次挑选来读研的学生。面试完毕,刘文清主动提出:"让新导师先挑吧,'团长挑完,师长挑'。"张天舒十分感动,当年开始带研究生的另外三四个新导师,也再一次感觉到了刘文清的人格魅力。

阚瑞峰,男,博士,研究员,博士生导师。2000年获长春光学精密机械学院学士学位,2003年和2006年分别获中国科学院安徽光机所光学

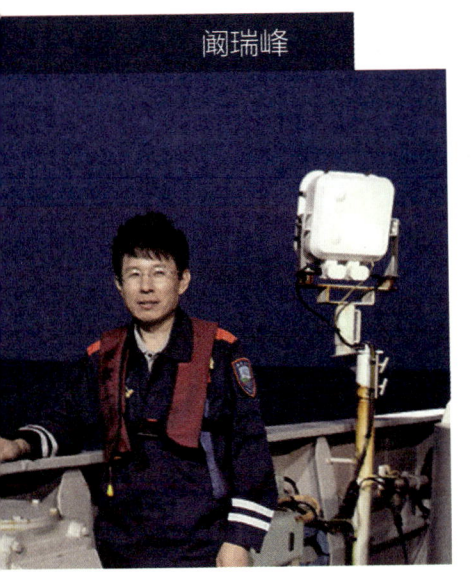

阚瑞峰

专业硕士及博士学位。2008—2009年赴澳大利亚麦考瑞大学进行访问学习。主要从事激光光谱检测方法及其应用技术研究，开展了高超音速流场诊断、深海与极地探测、月球水冰探测等系列前沿应用基础研究及装备研发工作。研发的流场激光诊断系统填补了我国航空航天发动机研究中燃烧效率分析及推力计算所需非接触精确测量技术的空白，同时相关技术成功应用于煤矿瓦斯、天然气、大气污染成分和工业排放气体的监测。他主持承担国家重大科技专项、国家重点研发计划、国家自然科学基金等科研任务多项，在众多国际期刊及《物理学报》《光学学报》等期刊上发表研究论文50余篇，申请专利20余项，登记软件著作权10余项，获国家安全生产监督管理总局安全科技进步奖二等奖1项、安徽省科技进步奖一等奖1项、军队科技进步奖二等奖1项、中国光学工程学会光学科技进步奖二等奖1项，以及安徽省创新创业战略新兴领军人才、安徽省"全省国防科技工业劳动模范"、中国科学院青年创新促进会优秀会员等荣誉，被聘为中央军委装备发展部、中国科学院国防创新领域、科技部等专家组成员。

20年前，阚瑞峰刚进安徽光机所时，导师刘文清曾对他说："我们会

根据每个人的能力,给大家搭建展现才华的舞台,但机会要靠每个人自己把握。"这句话阚瑞峰体会了十年。

现为研究员的阚瑞峰记得,当初他跟随刘文清所做的课题为"可调谐半导体激光吸收光谱大气温室气体检测方法的研究"。一个冬天的周六,从凌晨1点多至拂晓,刘文清精挑细选,陆续给他发来7篇论文供他学习参考。"刘老师为培养我们如此废寝忘食,多年来此事一直都激励着我。"阚瑞峰说。

在师长的循循善诱下,阚瑞峰第一次用可调谐半导体激光吸收光谱技术测出空气中的甲烷吸收光谱,喜悦之情他至今记忆犹新。

早年,阚瑞峰了解到,国外已掌握了可调谐半导体激光吸收光谱技术,并将其用于航空航天发动机及电厂锅炉的燃烧过程诊断,这给了他很大启发。中国科学院合肥物质院伯乐慧眼,支持年轻人进行科研探索,阚瑞峰博士毕业第二年,就获得了"青年创新人才基金"资助。他在该基金的资助下,带领课题组成员,利用激光吸收光谱实现了燃烧过程中的温度场、组分和流速的测量。

阚瑞峰及同事为节省有限的经费,曾扛着140多斤重的仪器设备,四处辗转做实验,针对发动机燃烧流场诊断中应用的可行性实验,他的方法终于得到验证,为这项技术日臻完善及在航空航天发动机研究中应用奠定了基础。该重大成果前景广阔,还适用于电厂锅炉的燃烧过程监测与优化等,可实现节能减排。

赵南京

赵南京,男,博士,研究员,博士生导师,环境光学学科水体与土壤方向带头人,国家"863"计划项目首席专家,首批国家重点研发计划项目首席科学家及安徽省杰出青年基金获得者,现任中国科学院安徽光机所副所长,中国科学院环境光学与技术重点实验室副主任,长期从事环境光学监测技术研究与系统研发工作,主持国家重点研发计划、国家"863"计划、国家自然科学基金、中国科学院STS计划、安徽省科技重大专项等项目20余项;在污染物多组分、快速、高灵敏检测新技术与新方法方面取得了系列创新性研究成果,已在众多学术期刊上发表SCI/EI论文120余篇,获发明专利授权43项;研发了系列环境污染物多要素快速原位/在线/现场监测设备并推广应用,获科技鉴定成果12项,多项成果达到国际先进水平。曾获国家科学技术进步奖二等奖2项、安徽省科学技术奖一等奖3项、国家环境保护科学技术奖一等奖、广东省环境保护科学技术奖一等奖、中国科学院科技促进发展奖及安徽省创新争先奖,以及中国环境科学学会青年科学家奖、安徽青年五四奖章、"省直机关优秀青年"等荣誉。他兼任中国光学学会环

境光学专业委员会委员、中国海洋学会海洋技术装备专业委员会委员、中国光学工程学会海洋光学专家委员会委员、中国光学工程学会激光诱导击穿光谱专业委员会常务委员、中国海洋湖沼学会海洋观测分会理事、安徽省光学学会理事等。

桂华侨,男,1979年生,博士,研究员,博士生导师,中国科学院合肥物质院安徽光机所环境光学中心副主任,兼任中国仪器仪表学会光机电分会委员、安徽省物理学会理事,入选国家级科技创新领军人才。2001年,桂华侨获安徽大学理学学士学位,2006年获中国科大光学博士学位,长期从事环境空气与移动源细颗粒物监测技术研究工作,研发了大气细颗粒物粒径谱、消光特性等在线监测技术设备,得到应用和转化,并服务于我国重大活动的空气质量保障和效果评估、机动车超细颗粒物实际工况

排放评估。他主持了国家重点研发计划、科技部与澳门联合资助项目、国家重大科学仪器设备开发专项任务、国家自然科学基金等10余项科研项目,在众多学术期刊上发表论文70余篇,获中国授权发明专利50余项、美国授权发明专利5项,

获得国家科学技术进步奖二等奖1项(排名第三)、安徽省科学技术奖一等奖1项(排名第三)。

徐亮,男,1981年生,博士,研究员,博士生导师,安徽光机所环境光学中心副主任。2002年毕业于安徽师范大学物理系,获理学学士学位,2007年毕业于中国科学院安徽光机所,获光学博士学位,毕业后在中国科学院安徽光机所工作至今,长期从事红外光谱分析方法研究、关键技术攻关和国产化装备研制工作。近年来,他先后主持承担了国家重大科学仪器设备开发专项、国家自然科学基金、中国科学院前沿科学重点研究项目、中国科学院先导专项子课题、装备预研及型号研制等任务,发表论文30余篇,发明专利7项,软件著作权登记10项。获得国家科学技术进步奖二等奖2次,安徽省科学技术奖一等奖2次,2017年获"安徽省战略性新兴产业技术领军人才"称号。

# 第十八章　助力"双碳"目标

2023年1月5日，由中国科学院与安徽省政府共同组建的合肥综合性国家科学中心环境研究院正式成立，中国工程院院士刘文清出任首任院长。

"这是环境监测领域的一件大事，也是我们环境光学监测科学的新起点。"刘文清不无欣慰。成立环境研究院不仅是国家区域创新高地建设的一项重要举措，更是他近年来一直思索的用创新机制体制来解开他巨大心结的一个平台。刘文清院士思索的就是如何尽快改变我国所面临的复杂的环境现状，以及让国际社会看到中国如何为实现"双碳"目标付出不懈努力。

气候变暖、冰川融化、海平面上升、南极臭氧洞，随之而来的还有雾霾天气、火山爆发、地震海啸等极端灾害，如

何改善严酷的生存环境,已成为摆在世界各国面前的难题。

2015年,联合国气候变化大会达成了《巴黎协定》。2021年第26次《联合国气候变化框架公约》大会又在英国举行,近200个缔约国表态:尽快落实减排承诺,合作应对气候变化。

2021年,中国下达了《中共中央、国务院关于深入打好污染防治攻坚战的意见》和《中共中央、国务院关于完整准确全面贯彻新发展理念 做好碳达峰碳中和工作的意见》,公布了"碳达峰""碳中和"的时间表和路线图,中国承诺:做防治污染和气候治理的行动派。

"2030年前实现碳达峰,2060年前实现碳中和",这是党中央、国务院做出的重大战略决策。汲取我国在"气候外交""疫情外交"中的经验,为使我国实施降碳战略的成果得到国际社会的广泛认同,必须牢牢掌握碳源/碳汇领域的话语权,以争取"碳外交"自主权。

为了守护蓝天碧水,近30年来,国家环境光学监测仪器工程技术研究中心刘文清主任,带领团队一直拼搏在攻坚克难的第一线,安徽光机所的环境光学监测技术研究已经成为我国环保技术创新的源头。

为落实"双碳"目标,打好"蓝天保卫战",刘文清带领团队,不忘初心使命,勇毅前行,聚焦国家科技前沿,打造了天地空一体化立体综合观测网,为我国的环境治理保驾护航。

被誉为"空中火眼金睛"的激光雷达系统具有高时空分辨率的特点,不仅可以对大气污染进行连续、适时、快速的遥感监测,对污染源的

扩散实现非接触式的跟踪,还能获取水平范围和垂直分布的污染物数据。AML-1车载激光雷达性能良好,能在行程上千千米之后,通电30分钟即可工作。当一束激光射入大气层,车载测污激光雷达系统就可对距地面3 000~5 000米的大气空间进行探测,接收空气中的气溶胶和痕量气体的散射信号,然后解析污染物的成分和浓度,实时给出结果。2022年北京冬奥会期间,车载激光雷达开展了北京及其联防联控区域内的走航监测服务,快速精确地获取了冬奥会期间大气颗粒物的区域分布特征,并成功预测了残奥会第一天的沙尘污染,分析其输送过程,研究其来源,为冬奥会空气质量保障提供科技支撑。

前些年,中国华北的大部分地区深受雾霾的困扰。刘文清团队携带自行研制的激光雷达和多种环境光谱监测仪,参加了北京地区大气污染综合监测实验,其中微脉冲激光雷达的探测距离在白天可达6 000米、夜间可达10 000米,对气溶胶和云的污染监测发挥了重要作用。太阳光谱法空气自动监测仪和便携式自动太阳辐射计都是利用太阳光作为光源,可自动跟踪阳光,监测大气中的二氧化氮、微粒物质的污染程度,特别适合于城市的布点监测。此外,多通道光学粒子计数器、可移动激光质谱仪等设备,可对颗粒物进行分类计数,测出尺寸谱及浓度,探测出污染气体苯系物的总量。这些仪器测出的数据与北京市环境监测中心测得的数据相吻合,显示出了优良的性能。

2015年以来,大气臭氧污染问题逐渐突显,臭氧成为继PM2.5之后

影响我国城市和区域空气质量的又一主要污染物。在"双碳"目标的驱动下，减污降碳和PM2.5臭氧协同控制是国家生态环境治理"一体两面"的重大需求。PM2.5和臭氧的协同控制已成为我国空气质量持续改善的关键，为满足PM2.5和臭氧协同探测的国家重大需求，刘文清团队通过攻克专用激光光源、雷达信号瞬态记录、收发光学系统主动校准等关键技术，自主研制了可灵活应用于地基、车载或机载等多平台的系列化、多型号的臭氧激光雷达，为大气臭氧监测手段提供了技术支撑。近年来，他们研制的臭氧激光雷达已在全国多省市地区部署，为各地环境监测管理提供了全新的工具和手段，扭转了长期以来我国因缺乏大气臭氧时空分布监测数据、相关研究工作依赖于国外仪器设备的局面。团队还发展了以臭氧激光雷达探测为核心的立体同化系统技术，为区域臭氧污染监测提供了成熟的解决方案。在空间遥感装备与关键技术的新一轮国际竞争浪潮中，刘文清团队已开始部署臭氧激光雷达载荷的研制。臭氧激光雷达卫星一旦发射成功，将成为全球首个臭氧和PM2.5协同观测的主动遥感载荷，可以直接有力地提供我国和其他地区大气环境污染状况及其演变的直接有力的观测证据，为我国在《巴黎协定》框架下全球国际履约提供科学支撑，增加我国环境外交的话语权。

"双碳"目标任重道远，而要实现这一目标，必须尽快打破发达国家在碳源/碳汇监测技术体系中的垄断，为我国"碳外交"提供具有国际公

信力的全球温室气体监测数据支持。刘文清团队为此正积极谋划加入全球总碳柱观测网（TCCON）。

全球总碳柱观测网是观测温室气体的国际化协作观测网络，利用地基高分辨率傅里叶变换红外光谱仪进行温室气体观测，该网络建设的目的是对卫星遥感进行地基验证并监测全球碳循环。全球总碳柱观测网采用的地基高分辨率傅里叶变换红外光谱仪是目前观测准确度极高的温室气体遥感技术设备之一，在全球温室气体监测和气候变化研究中扮演着重要角色。目前，全球共部署了28个全球总碳柱观测网站点，主要分布在欧美等发达国家和地区，通过获取高时空分辨的温室气体立体分布信息实现卫星数据的有效验证和补充，实现对地基、机载、星载仪器数据的校验，并实现对大气化学模型的对比校正。科学岛运行的超高光谱分辨率傅里叶变换红外光谱仪系统已经通过全球总碳柱观测网组织的数据质量审核验证。

值得期待的是，由合肥物质院建设运行的地基高分辨率傅里叶变换红外光谱仪观测平台已通过全球总碳柱观测网的数据质量认证，但由于我们前期没有正式加入全球总碳柱观测网，全球总碳柱观测网站点仅能对我国公开半年至一年前的观测数据，并且限制了我们和全球总碳柱观测网站点成员的技术交流和科研合作。我们建立的地基高分辨率傅里叶变换红外光谱仪观测站点，获得了合肥地区连续6年的温室气体数据，成为国家空间基础设施地面检验点和高分专项国家真实

性检验站,精确遥感观测二氧化碳、甲烷、氧化亚氮、一氧化碳、水汽等温室气体,突破了我国复杂大气环境下超光谱遥感信息不足、建模误差大的局限性。为此,合肥物质院将正式申请地基高分辨率傅里叶变换红外光谱仪观测平台加入全球总碳柱观测网,不仅可共享国际20～30个站点的数据,还可增加我国在全球碳排放核算工作上的话语权和主动权,提升我国在温室气体监测和评估领域的国际地位。

2022年2月20日晚,第二十四届冬季奥林匹克运动会在北京圆满闭幕。在这场举世瞩目的盛会中,刘文清团队研制的便携式傅里叶红外多组分气体分析仪、便携式光腔衰荡光谱仪和他们研发的二氧化碳立体监测技术为冬奥赛事的安全检测、碳排放监测等工作提供了有力支持。其中,便携式傅里叶红外多组分气体分析仪,具有可识别气体成分多、速度快、体积小、重量轻等特点,可快捷部署于各类安检场所,满足各类挥发气体识别探测的业务需要。该仪器为冬奥测试赛相关安检业务工作提供了有力的技术支持,并于冬奥会开幕后,继续服务于正式赛事保障工作。刘文清团队研发的便携式光腔衰荡光谱仪在国家奥林匹克中心、首钢滑雪大跳台等区域进行了连续走航探测,为监测冬奥会正式赛事期间的大气温室气体提供了可靠的数据和技术支撑。他们研发的天空地一体化二氧化碳立体监测技术,监测冬奥场馆周边赛前、赛中、赛后3个阶段的大气二氧化碳浓度变化,应用于速滑馆和首钢大跳台等场馆周边的碳监测,实现了冬奥会场馆区域温室气体的高精度

监测。

二十多年来，刘文清院士和他的团队一直在助力实现"双碳"目标上，兢兢业业，筚路蓝缕，不断奋进。"我们没有停止，也无法停止。国家需要我们，我们就得一直努力、奋斗下去。"刘文清对助力实现"双碳"目标有着自己深入的思考，他认为既要减碳，又要发展"碳汇"。简单地说，就是一方面要通过治理达到减排减放的效果，另一方面要充分合理利用碳，再循环利用碳能，让"碳害"变成"碳惠"。

向天探测10000米
中国大气环境立体监测关键技术攻关纪实

# 后　记

在这纷繁的人世间，总有一些人会感动你、感染你，让你产生书写他们的故事的念头。刘文清院士就是其一。他身上强烈的科学家精神与真挚的家国情怀，以及他所从事的拓荒式的事业，都让我景仰，都使我期待着能够深入其中，一窥大气环境监测科学的奥妙，一览这一领域的科学家站在科学高峰上的英姿，并且，成为他们之一，在科学的海洋中遨游，在创新的道路上奋斗。

我书写的仅仅是刘文清院士团队奋战大气光学环境监测科学领域的一部分。他们做得更多，他们的故事在我的文字之外，更有意义、更丰富、更立体、更动人。

中国科学院合肥物质院的刘建国院长亲自指导本书的采写并审阅、修正书稿；刘文清院士团队的诸位科学家，给予本书的采访和创作大力支持；远在北京的陈臻懿博士，为前期采访提供了大量有价值的资料，并且审阅了本书书稿；邀请郝吉明院士、张远航院士撰写了序言；王薇博士一直承担着联系、资料收集与提供等工作，尤为辛苦；安徽科学技术出版社全程跟踪；我的一些朋友也参与了本书的采访工作……在

此一并致谢。没有你们,就不会有这本书,就不会有这一段与刘文清院士团队的因缘。

科学研究多姿多彩,无法穷尽。身为作家,进入科技领域创作,既是巨大的挑战,又是一次难得的学习与成长。虽然尽心尽力,但书稿难免有各种各样的不足,期待着读者与行家们的批评与指正。

洪　放

2023 年 7 月 10 日写于

合肥天鹅湖畔